송근松根을 베개하고

운산雲山 시집詩集

송근松根을 베개하고

운산雲山 시집詩集

초판 1쇄 인쇄일 2014년 1월 6일
초판 1쇄 발행일 2014년 1월 15일

지은이 강태운
펴낸이 양옥매
디자인 양경화

펴낸곳 도서출판 책과나무
출판등록 제2012-000376
주소 서울특별시 마포구 월드컵북로 44길 37 천지빌딩 3층
대표전화 02.372.1537 팩스 02.372.1538
이메일 booknamu2007@naver.com
홈페이지 www.booknamu.com
ISBN 978-89-98528-89-8 (03800)

이 도서의 국립중앙도서관 출판시도서목록(CIP)은 서지정보유통지원 시스템
홈페이지(http://seoji.nl.go.kr)와 국가자료공동목록시스템
(http://www.nl.go.kr/kolisnet)에서 이용하실 수 있습니다.
(CIP제어번호 : CIP2013028568)

송근松根을 베개하고

운산雲山 시집詩集

강태운 지음

책과나무

머리말

희망(希望)과 꿈, 밝은 날만 기대(企待)하였으나 어디 인생살이가 뜻대로만 되던가요? 영광(榮光)은 커녕 생존도 버거웠던 삶, 덧없는 세월 속에 황발(黃髮)이 되고 보니 초로(草露)의 한탄(恨歎)이 남의 일이 아닙니다.

젊은이는 미래를 지향하고 늙은이는 과거를 곱씹는다 하지 않던가요?

희비영욕간(喜悲榮辱間) 흘러간 세월에 애틋한 정을 느끼며 각인(刻印)이 짙은 추억들을 정리하여 '송근을 베개하고'라고 명명(命名) 하였으나 감성(感性)이 무딘 사람, 표현이 서툴다 보니 읽어 주십사 상재(上梓)함은 심히 송구(悚懼)한 일입니다.

문학에 문외한(門外漢)이 만인(萬人)이 애송(愛誦)하는 명시(名詩)를 기대(企待)함은 망상(妄想)이요, 혹여(或如) 공감(共感)의 부분이 있다면 전체(全體)를 폐기사장(廢棄死藏)함 보다는 낫지 않을까 하는 바람도 분외(分外)일까하여 출판사(出版社)를 찾았습니다.

졸고(拙稿)를 흔쾌히 교열(校閱)하시고 편집에 심혈을 다하여 아담한 시집(詩集)을 엮어주신 도서출판 책과나무의 임직원 모두에게 진심으로 감사하며 뜻이 심오(深奧) 난해(難解)한 글은 아니니 동시대(同時代)를 살아온 사람들 각박(刻薄)한 현실을 잠시라도 잊는 시간이 된다면 글을 쓴 보람이 있겠습니다.

2013년 12월
雲山齋에서 姜泰雲 삼가 씀

차례

소나무

십장생(十長生)의 병풍 속에
소나무는 늙었고
달 뜬 밤 학(鶴)이 울고
사슴도 뛰놀았지?

풍상(風霜)을 이기고 선
푸르른 소나무여!
청청(靑靑)한 기상(氣像)을
어찌 아니 우러를까?

송근(松根)을 베개하고
코 고는 이 뉘시던가?
솔바람 짙은 향(香)
자연 장생(長生) 하시겠소!

일출(日出)

일출(日出)의 장관(壯觀) 보자
정동진(正東津)에 가는데

중년(中年) 넘어 곤한 삶
일출(日出) 본지 언제던가?

통근차(通勤車) 차창(車窓)에
빌딩 사이 떠 있는 해

오늘 따라 붉은 해가
유난하게 커 보여!

이글대는 불덩이에
빌딩(Building)이 불붙겠다!

캔 음료

"수고하세요." 캔 음료 두 개!
얼핏 보아서 얼굴도 모르겠고
고마운 마음을 전할 길 없구나
대가(代價)를 바람 없이 주는 마음들
훈훈한 인정(人情)에 살맛이 나고
베풀고 느끼는 흐뭇한 가슴
하늘이 보상(報償)하는 축복(祝福)이리라!

서당(書堂)

동해동 지나서
한 마을 들어서니

마을 앞 석간수(石間水)
물소리 요란하고

양지바른 서당(書堂)에서
글 읽는 소리 더 크구나!

빡빡머리 문동(文童)들에
훈장(訓長)님 상투 엇박자요

'가라사대'만 찾다
ABCD 알겠는가?

스레트와 틀담이
오늘을 말할 뿐!

시류(時流)를 거스름이
옛사람 마을 같다

노을

뉘엿뉘엿 지는 해를
물끄러미 바라보다
서천(西天)을 붉게
물들인 노을 본다.

친구의 부음(訃音)에도
무덤덤한 나인데
노을의 고운 빛이
황홀(恍惚)하여 가슴 뛰어!

저 노을 지고 나면
어둠이 내릴 터!
여생(餘生)에 노을처럼
고운 빛이 있을는지?

당당(堂堂)함

담욕대이심욕소(膽欲大而心欲小)라 하였는데
지나친 욕심에 콩알만 한 간(肝)
그릇도 더 담으면 넘치는 법
분수(分數)를 몰랐던 어리석음아!
휘어진 나무가 곧게 자랄까?
허물을 감추려고 애를 쓴다만
손바닥 벌려서 해 가리겠나?
큰 사람들 당당(堂堂)함이 정말 부러워
워싱턴의 금언(金言)이 정직(正直)이었지?
몸과 마음 바름에서 당당(堂堂)해 진다

동백정(冬柏亭)

오백 해 수령(樹齡)의 동백꽃이 유혹하여
동백정(冬柏亭)에 올라서니 가없는 창파(滄波)로다
황해(黃海)인가? 동해(東海)인가? 분별이 아니 되네!

지척(咫尺)의 오력도 앞 오락가락 고깃배들!
태공(太公)들 머리 위로 갈매기가 놀자 날아!
한가로운 이 풍광(風光) 뒤로 하기 아쉽구려!

수수밭에서

스산한 바람일자 수수 목 더 힘겨워라
노부(老父)도 고단한지 허리를 펴시고

지는 해 한참이나 물끄러미 바라 보다
돌아가는 새떼 따라 집을 찾아 가는구나

산중에 해가 지면 칠흑 같은 어둠이라!
희미한 등불들이 마을을 알릴 뿐!

적막(寂寞)이 싫어서 부엉새는 우는지?
이슥한 밤 내리는 서리가 차구나!

춘광(春光)

울 밑에 파릇파릇 새싹이 돋아나니
봄바람 좋다고 하늘하늘 나비 날고
강남에서 온 제비 처마 밑에 집 짓고는
하루 종일 지지배배 들락날락 바쁘다

나물 캐는 아가씨들 흥에 겨워 재잘대고
밭을 가는 총각은 신바람 나 소 모네!
따뜻한 햇살아래 아지랑이 아른아른
온 누리 춘광(春光)에 생기가 넘친다

정오(正午)

울타리에 애호박 먹음직해 보이는데
나직하게 들려오는 보리 찧는 절구 소리!
구수한 보리밥에 호박 장 어울리고
감자와 옥수수는 식후(食後)에 별미(別味)로다

베 등걸 잠방이에 낯 검은 농군님 네!
등에는 쟁기 지고 소를 몰아 돌아오니
집 지키던 검둥개 반갑다고 내닫고
송아지 놀라서 어미 뒤로 사린다

물 것

낮에는 파리, 밤에는 모기가
성가시게 대드니 단잠을 설칠밖에!
그 흔하던 이와 벼룩
못 본지가 오래인데
파리와 모기는 여전하게 극성이냐?
만물(萬物)의 영장(靈長)이
물것들에 쩔쩔매네!

성탄절(聖誕節)

성탄절은 구세주(救世主) 탄생하신
거룩한 날!
그러기에 동방박사(東方博士) 세 사람이
베들레헴 땅 마구간을 예방(禮訪)하였고
인류는 2000여 년을 기리는구나 !
성탄절 새벽에
어린 천사들이 사립문 앞에 와
"기쁘다. 구주(救主)오셨네!" 찬송하고
새하얀 눈길에 돌아가는 발자국 소리!
지금도 눈감으면 귓전을 스쳐!
얼어붙은 가슴을 훈훈하게 녹여준다

사월초파일(四月初八日)

오늘은 부처님 오신 날!
온 동네 사람들 절 찾아간다

불등(佛燈)을 달아 환한 절
벚꽃도 화사(華奢)하니

반가운 사람들 즐거운
하루여!

파일(八日)만은 절 마당
인산인해(人山人海)로다!

도라지

산중 석별 밭에
도라지꽃이 곱다!

하얀 꽃은 청초(淸楚)하고
보라색 꽃 고상(高尙)하네

도라지나물은
산채(山菜)중에 으뜸이요

2, 3년 묵은 뿌리
약재(藥材)로 귀하잖나?

우리 산야(山野) 어디서나
까탈 없이 잘 자라는

소탈하고 순박(淳朴)한 꽃
사랑을 듬뿍 받네!

메밀꽃

작은 키에, 붉은 줄기
메밀밭 언제 보았나?

흰 꽃들 어우러져
비탈 온통 환하더니!

봉평, 대화, 장돌뱅이들
청노새 끌고 갈 때

달빛에 환한 메밀밭
소금 뿌렸다 하였지?

얼어붙는 겨울밤 골목길에
"찹쌀떡이나 메밀묵 사료!

서글픈 소리
여운(餘韻) 마저 사라지면

산전(山田)에 하얗던
메밀꽃이 삼삼하네!

목화(木花)

목화 꽃을 본지도
쉰 해가 훨씬 넘어!
목화송이 따먹던
어린 시절 아련하다

베옷입고 삼동(三冬) 나던
옛사람들 생각하면
문충선공(文忠宣公) 은혜를
어떻게 잊겠는가?

문풍지 우는 밤도
솜이불 속 따뜻했지!
물레 잣는 소리가
꿈이었나 싶구나!

대숲

쪽 곧은 대나무
사시사철 푸르니
정직(正直)과 충절(忠節)을
선비들이 사랑했어
창(窓) 앞에 대숲은
운치(韻致)가 그만이요
바람이 불어오면
얼마나 경쾌(輕快)한가?
새떼도 해 질 녘
대숲에 날아들어!

울두목

화원반도(花源半島)와 진도(珍島) 사이
물목의 조류(潮流)가 급하여
우레가 우는 듯하다는 울두목에 서서
성웅(聖雄) 이순신(李舜臣) 장군을 회상한다

어란포(於蘭浦)에서 내지(內地)로
침입(侵入)하는 왜선(倭船) 133척(隻)을
단(但) 12척(隻)의 전선(戰船)으로
격파(擊破)한 명량대첩(鳴梁大捷)!

지리(地利)를 아셔
벽파정(碧波亭)에 설진(設陣)하신
지장(智將) 충무공(忠武公)의
우국충정(憂國衷情)이 없었었다면
왜적(倭敵)의 기세(氣勢)를
어찌 꺾었으리요?

다리 아래 거센 물결이 옛날을 말할 뿐!
한가로운 해변(海邊)의 풍광(風光)
유유(悠悠)히 나는 갈매기가
거센 역사(歷史)의 숨결을 어찌 알리요?

바둑

햇빛이 잘 드는 사랑방 마루
두 늙은이 똑똑 바둑 두신다

축(逐)머리 장문(藏門)에 호리병(葫蘆瓶)이라!
악수(惡手)냐? 묘수(妙手)냐?
판세(板勢)가 갈려!

기국(碁局)을 한가로운
여기(餘技)라 마오

역사(歷史)는 요순(堯舜)까지
거슬러 올라가고

우주(宇宙)의 진리(眞理)가
일평중(一枰中)에 있음이여!

골안개

한밤중 잠이 깨어
이리 뒤 척 저리 뒤 척!
서책을 뒤적이다
창문을 열었더니
깊은 골 밤안개
자욱하니 짙어라!
지척(咫尺)도 아니 뵈니
인경(人境)을 의심할 때
아래 마을 개 짖는 소리
골 타고 들려온다.

달빛

달빛은 강렬(強烈)과는 멀다!
부드러움은 조용한 여성과 같고
은근한 매력이 신비스럽다

동정호(洞庭湖)에 이태백(李太白)은
달과 술에 취하였고
달빛이 환한 배꽃 아래서
봄꿈이 서러워 두견(杜鵑)이 울어!

구름아! 저 밝은 달 가리지 마라
온 누리 고루 고루 비취는 달빛
부드럽게 감싸 안는 자비(慈悲) 흐른다

이앓이

이 앓는 소리라니
끔찍한 치통(齒痛)!
앓던 이 뺄 때마다
후련하더니
써레 발 같은 치아
휑하지 않나?

칠순(七旬)에도 쨍쨍한데
쉰 늙은이 틀니 신세
내 이처럼 편하다는데
나는 왜 못 끼겠나?

오복(五福)에 드는 치아(齒牙)
뼈저리게 통감(痛感)하는
늙은이 탄사(歎辭)여!
복(福)도 참말 지지리다!

덤 살이

이럭저럭 살다 보니
육순(六旬)넘어 망칠(望七)인데
회한(悔恨)의 먹구름
전혀 앞이 안 보인다
가진 것 하나 없이
건강(健康)마저 못 믿으니
하루하루 산다마는
꿈이 없는 덤 살이라!
어둠아! 물러가라
밝은 해야! 솟아라.

찔레꽃

며칠 전에 심은 콩이
간 밤비 싹이 났나?
밭두둑 올라서자
푸드득! 꿩이 난다
산전 밭 해먹자니
씨 세우기 힘드네!

밭머리서 푸념하다
낭떠러지 돌아보니
도랑 섶에 찔레꽃이
날 보라고 환하냐?
먹음직한 여린 순(筍)
어린 시절 떠오른다

대합실(待合室)에서

머리 허연 중늙은이 대합실에 앉아서
떠오르는 옛 모습들, 변화를 실감한다

전쟁 직후 대합실에 추라하던 여객들!
깨진 창은 깨진 채로, 의자들은 삐걱삐걱
악취 나는 화장실은 발 딛기도 힘들었어!

발 잃은 이 목발 짚고, 팔 잃은 이 갈고리 손
상이군인 떼 지어서 억지가 어떠했나?
부모 잃은 고아들, 구두닦이 껌팔이
문밖에 거지 떼는 얼마나 들 성가셨나?

깨끗한 대합실에 오고 가는 사람들
윤택한 얼굴들에 어두운 기(氣) 전혀 없어!
옛날과 비교하면 지금이 천국이라!
이 좋은 세상에 바람이나 쐬자구나

보신각종(普信閣鍾)

2경(二更)에 인정(人定) 처서 성문을 닫아걸고
5경(五更)에 파루(罷漏) 처서 성문을 열었구나!

인정(人定)은 스물여덟 번 울려
28수(二十八宿) 밤 알리고

파루(罷漏)는 서른세 번 울려
33천(三十三天) 낮 알렸나?

밤 동안 다섯 점(點)이 5경(五更)을 알림인지?
28에 다섯 더하면 낮과 밤이 같구나!

현철하신 선조님들 천리(天理)에
능통(能通)하셔

보신각(普信閣) 종을 울려
때를 알려 주셨나 보다

수수비자루

어제 밤 우수수!
비바람에 낙엽소리

나무 끝에 남은 잎들
오늘까지 떨리나 봐!

가지 사이 얹혀 놓은
수수목 단 내려서는

한가할 때 틈틈이
비자루나 매어 볼까?

객지(客地)사는 아이들
얼굴이 떠오른다!

감(柿)

수수목을 자르다가
뒤울안 보니

큰 감나무 주렁주렁
감이 붉구나!

가을걷이 아직 멀고
돈이 말라가!

전대질 한참 만에
세 접은 실해!

따끈한 소금물에
하룻밤 나면

월화 감 일등품(一等品)
새벽 장 보자

청한(淸閑)

후덥지근한 날씨에 방안은 숨이 막혀.
그늘 좋은 관음(觀音)골 더위 피해 들어서니
비 와서 축축한 산 버섯 많이 돋았어
오늘 저녁 찌개는 향과 맛이 다르다!

저녁을 먹자마자 냇가로 나왔더니
어둡고 적막(寂寞)한 중 벌레소리 쓸쓸하다!
투구봉에 솟는 달 삽시간에 중천(中天)에 떠
어둡던 냇가가 황홀하게 환하네

보(洑)물 막은 방채 밑, 물목이 좋아 보여
싸리통발 안치고 큰 돌로 잘 눌렀다
여름밤은 짧아라! 해 뜨기 전 나오면
은빛 나는 물고기 한 사발은 실하리라

대화 장터

대화라는 소리에 버스에서 내렸더니
가던 날이 장날이라 시골치고 사람 많아!
메밀꽃 필 무렵의 청노새는 아니 뵈고
메밀국수 한 사발로 허기(虛飢)를 달랬구나!

냇가의 맑은 물은 길 곁에서 콸콸대고
구름 따라 오솔길 얼마나 걸었던가?
화전촌 옥수수밭 낙조(落照)가 내리니
옆구리 소쿠리 낀 아가씨 볼 붉구나!

여주(驪州)

문막 부터 여주까지
마냥 걸었다
코스모스 한들대는
가을 길 좋아!

영릉(英陵)을 휘익 돌아
흑강(黑江)에 나와
벽절의 달을 보다
한 밤을 나고

수려선(水驪線) 잡아타니
화성(華城) 대잖나?
영릉참봉(英陵參奉), 표암공(豹菴公)은
전혀 몰랐네

수인선(水仁線)

인천에 놀러가자 고색역에 나오니
수인선(水仁線) 열차의 차량은 달랑 세 칸!
어목리를 나오면서 심심찮게 지나가는
나문쟁이 붉은 펄, 갯마을이 한가로워!

차장님 맘씨 좋아 역마다 쉬시는지?
보따리 인 아낙들 우루루! 들어온다
날만 새면 보는 얼굴, 낯선이가 드물겠지!
떠들썩한 차(車) 안에 인정이 철철 넘쳐!

한 나절 보내는데 부두(埠頭)보다 난 곳 있나?
시끌벅쩍 난전(亂廛)에 싱싱한 어물들!
맛살에 어리굴젓 참조기도 몇 손 샀어!
따분하면 수인선(水仁線) 자주자주 타리라

중앙선(中央線)

영주에서 강릉까지 밤차를 타니
오른 편 차창에 수많은 어등(漁燈)
새벽녘 바다가 불야성(不夜城)이라!

오는 길은 태백(太白)인가 죽령(竹嶺)이었나?
구불구불 돌아가는 LOOP式 철로
한참 가다 되돌아와 돌고 또 도니
기차도 숨이 차나? 서행(徐行)을 하고!

저녁연기 자욱한 산골 마을이
까마득한 저 아래 평화로워라!
나온 김에 수려선(水驪線)도 한 번 타보자.
만종 역에 내려서 문막서 잤다

황혼(黃昏)

황혼이 지나면 깜깜한 밤
현묘(玄妙)한 세계를 어찌 알리요?

누구나 찾아오는 황혼을 맞아
거부할 수 없는 서러움이여!

공수래공수거(空手來空手去)라면
천명(天命)에 순응(順應)이 아름다운 것!

천진(天眞)을 회복하여
황혼(黃昏)을 살자

백팔번뇌(百八煩惱)

인생 만사(萬事)가 고(苦)!
오죽하면 인생을 고해(苦海)라 하나?
생노병사(生老病死)는 자연이지만
쌍가마 속에도 어찌 번뇌냐?
어느 스님이 염주(念珠) 알 세시며
백팔(百八)의 번뇌를 각(覺)하셨는고?
열 손가락 꼽기도 나는 힘드니
그래도 복인(福人)중에 내가 드나 보오?

갈 수 있다면!

꿈이 있는가? 아니 뵈잖아!
가야 하는데, 갈 수 있다면!
맑은 물에 이 몸을 씻고
소나무 숲에 누워 바람에 말리련다

소마죽(蘇麻粥) 쑤어 먹고
구기자차(枸杞子茶)나 들며
해 잘 드는 남창(南窓) 아래
새소리나 들으련다

대둔산(大屯山)

대둔산 국립공원
지도 놓고 살펴보니
노령(蘆嶺)의 한 줄기
금산고원(錦山高原) 오지(奧地)라!

케불카를 내려서니
대둔정상(大屯頂上) 턱 밑이요
깎아지른 석벽(石壁)이
성채(城砦) 앞에 선 듯하다

아찔한 삼선계단(三仙階段)
정상(頂上) 서니 막힘없어!
해발(海拔)이 878M
계룡(鷄龍)보다 높구나!

로또 복권(福券)

로또복권 당첨확률 844만분의 1
벼락 맞아 죽을 확률 500만분의 1
불가능한 로또복권, 너도나도 왜 사는지?
사람마다 꿈을 꾸나 현실은 꿈과 멀어!
꿈마저 없다면 살았다고 산 것일까?

속아 사는 인생길, 꿈이라도 행운 얻자
매 주 듣는 당첨 소식, 황홀한 행운이여!
일확천금(一攫千金) 어찌 쥐랴?
로또 꿈을 어찌 버려!
벼락 맞아 죽어도 돈벼락 맞고 싶소
행운의 여신(女神)이여! 나의 꿈도 살피소서!

도담삼봉(島潭三峰)

충북승지(忠北勝地) 단양팔경(丹陽八景)

놀기 좋은 도담삼봉(島潭三峰)

놀이 배에 승선(乘船)하니

장구소리 흥 돋운다

태백산(太白山)서 흘러온 물

신록(新綠)에 풀빛이요

소백산(小白山)서 부는 바람

가슴이 탁 트이네!

도담삼봉(島潭三峰) 정자는

그대로 그림이요

뱃전에서 석문(石門) 보니

선계(仙界)로 통(通)하나 보오!

봄 강

새 풀 돋아 푸른 강 뚝 할머니 쑥을 뜯고
나루터에 사람들은 봄나들이 나서셨나?
볕이 좋아 졸던 사공, 배 대어 노(櫓)를 젓네

봄 강에 배 띄우니 봄바람도 좋을시고!
삼동(三冬)을 방 안에서 답답하게 살았단다
뱃머리에 나는 물새 춘흥(春興)을 돕는구나!

버들잎 새잎 나서 봄 강에 드리우고
춘광(春光)에 모래밭, 금빛처럼 반짝이니
하늘 높이 뜬 종달새 봄날이 즐겁다네!

태학사(太鶴寺)

해마다 봄 소풍은
태학사가 단골이요

절 마당의 벚꽃은
갈 때마다 환했구나!

절 지붕을 덮칠 듯한
너럭바위는

풍세(豊歲) 들을 한 눈에
굽어보았지?

들락날락 굴 바위는
그대로일까?

큰 바위에 부처님
얼굴 본지 언제냐?

마곡사(麻谷寺)

문달안을 지나서 깊은 골드니
삭정이 나무 한 짐 내려갔을 뿐!
이 산 저 산 꽃피고 산새들 울어
호젓한 산길도 싫지 않구나!

고개 넘고 얼마나 내려왔느냐?
산중에 옹기종기 아늑한 마을
십승지(十勝地) 하나인 동해동이요
동구 밖 삼거리가 사곡(寺谷) 땅이네

물 거슬러 올라와 다리 건너니
웅장한 대웅전을 휘감고 흘러!
아름드리 기둥이니 천년 버티지
절 기둥이 싸리란 말, 참말 믿기나?

백범(白凡)이 심으신 절 마당 나무
낭랑한 독경소리 경청하는데
스님 되는 공부는 언제 하려고
다리 아래 동자승(童子僧)들 재잘거리니?

대천 바다

대천(大川)역에 내렸으나 바다는 멀고
버스에 오르니 콩나물시루요
이열치열(以熱治熱) 하라느냐?
여차장님 과(過)하시다!

숨이 턱에 닿아 언덕에 올라서니
파란 바다가 하늘에 맞닿았고
알록달록 파라솔이 해변을 수(繡)놓았어!

뜨거운 태양열에 백사장도 타는가!
맨발로는 어림없어 물에 텀벙 들어가니
점(點), 점(點)은 섬이요, 하늘은 뭉게구름!
빗기는 해 노을 속에 갈매기들 한가롭다.

활활 타던 야영 불, 하나 둘 다 꺼지고
캄캄한 해변에 물소리만 들려 올 뿐
열기 식은 모래밭에 누워 보는 하늘이여!
총총한 별세계 신비에 놀라더라!

외기러기

길고 긴 가을밤
이리 뒤 척 저리 뒤 척!

높은 하늘 외기러기
무슨 일로 서러우냐?

하늘의 낙오자(落伍者)는
만나면 될 일이나

인생에 외톨이는
천고성(天孤性)이 어렵단다

밤바람에 낙엽소리
뜰에 나와 바라보니

온 누리 하얀 서리
달빛 받아 차구나!

사시찬(四時饌)

묵은 김장 질력 날 녘
봄 냉이 국, 입맛 돌고
향 짙은 산나물에
고사리 국, 봄 맛 난다

열무김치 개운하고
오이냉국 더위 가셔
보리쌀 밥 부루 쌈에
여름 내내 눈 흘기지!

해콩 섞은 해 쌀밥에
얼갈이배추 겉절이 좋고
도토리묵 산중 별미(別味),
가을 아욱국 혼자 먹네!

청국장 보글보글
미역국에 김쌈 먹고
정월(正月) 떡국 먹고 나면
묵은해도 잘 보냈다!

광덕사(廣德寺)

맑은 물 고운 단풍
이름난 광덕사(廣德寺)

보화루(寶華樓)앞 호두나무
백 살도 넘었을걸!

용마루에 두 장인가?
신라시대 청계와라!

금계산(錦溪山)의 영기(靈氣)받은
골 깊은 광덕사

불덕(佛德)을 광포(廣布)하려면
법고(法鼓) 크게 울어라!

저수지 낚시

뒷산 넘어 저수지에
수초(水草)가 무성하다.
부들 꺾어 방석하고
대 낚시를 드리우니
잔잔한 바람일자
물결이 찰랑대네!

찌에만 눈이 가니
가는 시간 내 알리요?
위수(渭水)가에 태공망(太公望)은
문왕(文王) 만날 때 낚았고
저수지에 오늘 나는
물과 산이 편해서라

물고기도 때가 되면
입질을 자주하지
밀짚모자 치켜보니
서산에 해가 있다
새들도 자러 가니
어둡기 전 내려가자

무학암(舞鶴庵)

밤나무골 넘어가는
무학리(舞鶴里) 마루턱서
오른쪽 산허리를
얼마나 올랐는지?

쌍룡산(雙龍山) 바로 밑에
무학암(舞鶴庵)이 숨어서
초가삼간(草家三間) 정갈한 집
다랭이 논 노랗구나!

영지(靈芝) 따러 산에 가셔
이 산 저 산 나시는가?
문(門)열린 빈 법당(法堂)
산새 들러 날아간다!

촉석루(矗石樓)

남도(南道)의 옛 고을
진주(晉州) 땅에 어찌 왔나?

남강(南江)이 맑아서냐?
촉석루(矗石樓)가 높아서냐?

논개(論介)의 넋이 서려
남강 물이 저리 맑고

김시민(金時敏)의 충의(忠義)에
촉석루가 우뚝한가?

역사(歷史)의 얼이 서린
진주(晉州) 땅을 찾았으니

고려명장(高麗名將) 은열공(殷烈公)의
두방재(斗芳齋)도 참배(參拜)하자

천왕봉(天王峰)

화개(花開)장터 들어서니 이미 장도 파했는가?
여기 저기 술판에 취객(醉客)들 비틀댄다!
장터를 벗어나서 쌍계사(雙溪寺) 오르는 길
벚꽃만 화사(華奢)하랴? 단풍 더 황홀하다!

깊은 계곡 포효(咆哮)하는 물소리를 벗 삼다가
쌍계사 석등(石燈) 아래 흥건한 땀 씻으니
장산(壯山)이 에워싼 절, 절 마당 해 잘 들어
남풍(南風)을 타고 온 고운(孤雲)도 머무셨나?

간밤을 보낸 초막(草幕), 은자(隱者)의 집일는지?
곱씹으며 숨 고를 제 가로막는 통천문(通天門)!
하늘에 오른 듯 삼도(三道)를 굽어보니
방장산(方丈山) 최고(最高)인 천왕봉 절정(絶頂)일세!

하동포구(河東浦口) 80리 남해를 굽어보나
속인(俗人)에게 보이랴? 구름이 감추잖아!
어둠 속에 내리막길 법계암(法界庵)에 쉬려니
달 올라 환한 방, 밤새소리 서러워라!

길인주처시명당(吉人住處是明堂)

법계암(法界庵)에 밝는 해, 마음을 열어주고
하산(下山)하니 산청(山淸)땅 발길을 잡는다만
빽빽한 여정(旅程)이 아쉬움을 남겼구나!

낯 설은 길 쉬엄쉬엄 함양읍(咸陽邑)에 당도하니
서천(西天)에 해는 지고 수중(手中)에 돈이 없어
포교당(布敎堂)을 찾아서 인정(人情)을 구했구나!

보아하니 딱했던가! 재워주고 먹여주셔
보살님 주신 말씀 길인주처시명당(吉人住處是明堂)
"사람부터 나라."는 말 예순 넘어 압니다

나보다 낫네!

날 밤 새고 귀가(歸嫁)하는 경비할아범
빈 도시락 가방 메고 서둘러 가니
집 지키던 강아지가 골목 길 막아!

이른 아침 가방이 수상쩍다고
앙칼지고 당당하게 "못 간다." 짖네!

너나 내나 방범(防犯)이 의무이지만
충실하고 당당함이 너만 못하다
허! 참 기가 막혀! 나보다 낫네!

여성우주인, 이소연 박사

2008년 4월 8일
이소연 박사가 소유스 호 탑승하며
'우주강국 대한민국 파이팅!'을 외쳤다

1961년 4월 12일
인류 최초의 우주인, 유리가가린 이후
세계에서는 400여 번째
아시아 여성으로는 2호
한국에서는 최초의 우주인이다

국제우주정거장 ISS와 도킹
18가지 실험을 하고
9박10일(九泊十日)로 귀환한다

눈부신 과학의 발전에 경탄할 밖에!
대한의 장한 딸, 이소연 박사!
무사귀환(無事歸還)과 영광(榮光)을 빈다

석어(石魚)

진 외가댁 동생하고 조기장사 해보자고
인천에서 조기 떠서 경동시장 풀고 앉아
한나절 팔아보나 한 마리도 못 팔고서
하루 만에 떠엎으니 한마디로 미쳤었지.
석어(石魚)장사 두 번하면 석두(石頭)라도 할 말 없다

연평도서 조기 올 때 흔히 먹던 어물인데
요즘의 조기 값은 천정부지 금값이라!
법성포 진상굴비 수라상에 올랐으니
땅 이름이 영광(靈光)이냐? 영광굴비 금값이니
내 주머니 사정에는, 자린고비 짠 조기다!

나무

나무는 최선(最善)을 다할 뿐, 불평(不平)이 없다
천분(天分)을 향한 향상(向上)이 있을 뿐!
좌절(挫折)은 없다

지심(地心)의 후박(厚薄)에 묵묵히
바위라도 뚫고 뿌리를 내리며
더 높은 곳을 향한 소망(所望)을 놓지 않는다

천분(天分)을 알아
배부름 기둥이 되어 천년(千年)을 자랑하고
꽃과 열매를 맺나니

나무는
생명의 의지(意志)가 있어 싱그럽고
소망(所望)을 잃지 않아 늘 푸른가 보다!

천둥번개

현대과학은 천둥번개가 방전현상(放電現狀)이라지?
그러나 천둥이 울고 번개를 쳐봐라!
떨지 않을 사람 누구며, 숨지 않을 사람 있는가?

우르르 쾅쾅! 와지끈! 와지끈!
그 굉음(轟音)과 위력(威力) 앞에
산천초목(山川草木)이 떨고
생명이 있는 모든 것들 숨을 죽인다

하늘의 우는 소리에 땅도 울어 떨고
이불을 뒤집어쓴들
천둥번개 앞에 숨을 수 있는가?

두려움으로 숨을 죽이고
하늘의 진노(震怒)가 가시기를
그저 기다릴 수밖에 없지 않은가!

무력(無力)함을 돌아보고 겸손(謙遜)해진 우리들
천둥번개가 잘 때 평온(平穩)을 찾나니
어찌 하늘을 우러러 삼가지 않겠는가?

남산(南山)

한여름 폭양(曝陽)에 아스팔트 뜨거워
가로수(街路樹) 그늘 따라 발걸음을 옮겼더니
이 몸이 팔각정(八角亭) 서 사방(四方)을 굽어본다

북으로 삼각산(三角山)은 북악(北岳)에서 머물고
한강물 마포(麻浦) 돌아 서해(西海)로 흘러가나?

오백년도읍지(五百年都邑地)의 놀라운 변화(變化)여!
나라 땅의 중심(中心)인데 언제까지 분단(分斷)인가?
하루 속히 통일(統一)하여 수도(首都)서울
찬란(燦爛)하라!

자주국화

벚꽃처럼 화사한가? 함박처럼 소담한가?
백합처럼 향 짙던가?
유독(惟獨) 자주국화를 사랑하여
못 잊어함은 웬일일까요?

어릴 때 고향집 뒤울안 토담 아래
낙엽지고 스산한 철, 서리인 자주국화
울안가득 그윽한 향! 고고(高高)한 진자주여!
색(色)과 향(香)을 못 잊어라!

해당화(海棠花)

원산 앞바다에 해당화가 유명하지!
파란 바다 가에 금빛 모래밭!
빨간 해당화가 얼마나 고왔을까?

철부지 어린 시절 뛰어놀던 마당 가
새파란 울타리에 해당화 송이송이!

북녘 사람 실향민의 아픈 가슴 이러할까?
내 고향의 해당화가 이렇듯 삼삼한데!

불두화(佛頭花)

송이송이 함박눈을
동그랗게 뭉쳤는가?

하나하나 불심(佛心)을
정성스레 모았는가?

사발처럼 탐스러운
불두화(佛頭花) 송이송이

꽃가지가 휘도록
다닥다닥 붙으면

어둠을 밝히자고
불등(佛燈)을 밝힌 양!

묵은 나무 한 그루가
뜰을 환히 밝혔다

백일홍(百日紅)

화무십일홍(花無十日紅)인데
백일홍(百日紅)이라!
백일(百日)이면
여름 내내 붉지 않느냐?

식지 않는 너의 정열(情熱)
해 보다 더워
슬그머니 태양도
기(氣)가 죽는가?

시골 마당 화단의
한 가운데 서
해 빛 받고 방실대던
백일홍 꽃아!

살다보니 요즘은
너 본지 오래,
가슴 속 아려 오는
이름뿐이라!

산신각(山神閣)

산 정상(頂上)에 산신각은 한 간 집 와가(瓦家)
각(閣) 지키다 늙은 나무 산처럼 크다!
사방(四方)에서 오는 바람, 터가 세어서
백호(白虎)라도 불러서 터를 누르나?

허연 수염 흩날리며 범을 타시는
산신령님 조화(造化)도 옛날 말인가?
퇴락(頹落)이 심한 모습 절사(絶祀) 오래고
펄럭이는 산신도(山神圖) 떨어지겠다!

은행(銀杏)나무

은행나무 수령(壽齡)은 100살도 넘어!
노랗게 물들면 아름다웠다
은행잎은 말려서 책갈피 넣고
볶은 은행 알 맛이 별미(別味)지!

큰 상에 오르는 고급견과류(高級堅果類)
은행잎 은행 알 약재(藥材)로 쓰며
행자반(杏子盤) 행자판(杏子板) 귀하지 않나?

공자님도 행단(杏亶)에서 가르치셨지?
아무리 보아도 은행나무는
품급이 높은 귀공자(貴公子) 같다!

봄

아지랑이 아른대는
나른한 봄날에

뒷동산에 오르니
연분홍 진달래꽃

반기는 나를 보고
봄바람에 숨는 뜻은

절로 오는 봄인데
봄빛이 수줍더냐?

가는 봄날 후회하지 말고
봄빛을 자랑하렴!

곡우(穀雨)

봄여름 가을 겨울 4계절이 있고
철따라 6개의 절기(節氣)가 있어
일 년은 24절기가 있다

곡우(穀雨)는 봄철의 마지막 절기
24절기 중에 가장 크니
생명의 양식인 곡식(穀食)을 준다

철도 모르고 사는 어두운 사람!
세시기(歲時記)나 월령가(月令歌)를
읽어 볼 것을!

내일이나 모레 즈음 비 온다 하니
오래 만에 들에 나가 비 맞아 보자
곡식을 주는 비에 감사(感謝) 하리라

단오(端午)

단오차례 올리고 단오떡 먹는
수릿날 이름 많아
중오(重午) 천중절(天中節)

창포물에 머리 감고 그네를 뛰고
씨름하고 풍물 놀아 즐거운 하루!
신라 이래 4대명절(四大名節) 단오(端午)가 든다.

단오(端午)의 오시(午時)는
천중(天中)에 해가 있으니
해 앞에 어두움이 설 자리 있겠는가?

어둠이 없는 것은 밝음이요
마음이 밝은데 즐겁지 아니하랴?
옛사람들 밝으심이 절기 알아 지켰구나!

정월(正月)

제야(除夜)에 수세(守歲)한다 밤을 새고도
초하루 날 차례(茶禮)만은 정성 다 했다
떡국 먹고 새해 첫날 웃어른들 아니 뵈랴!
발목 젓는 눈 속에도 세배(歲拜)하기 얼얼하고
널뛰는 아가씨들 다홍치마 펄럭였다

이튿날 해 뜰 무렵 더위 팔자 바쁜 애들
더위를 팔러 갔다가 더위를 되 사오고
첫 번째 쥐날은 장 둑에 불을 놓아
온 동네가 매캐했지!

아홉 짐을 나무하고 아홉 번 밥을 먹는
열 나흗날 보내면 대보름이라
새아침에 부럼 먹고, 연 날리고 제기차고
밤에는 동산 올라 망월(望月)불을 지피고는
금년(今年) 농사 잘 되기를 달님에게 빌었다

초하루서 대보름까지 날마다 명절이니
지구상에 어느 나라 이렇게 명절(名節) 많아?
우리겨레 정월 내내, 여유 참말 작작(綽綽)했다

밤길

어린 시절 통학열차 혼자서 내렸는데
집까지 오리(五里)길 겨울 해 져 깜깜하다
책가방에 돌 넣고서 無人山中 오르려니
고갯마루 개만한 놈, 눈을 맞고 버텨 앉아!
돌을 몇 개 던졌던가? 마지못해 일어나서
어슬렁어슬렁 산 쪽으로 올라가!
동네 개가 짖는 소리 얼마나 반갑던지!

천안역서 밤 두 세 시 집에 오던 20里길
휘영청 달은 밝고 안개가 자욱했어!
인적 없는 뱀 고개에, 부대 없은 지게 하나
용머리 앞 내가에서 철벙철벙 물소리!
부대(負袋)가 고추이면 밤손님이 틀림없고
철벙철벙 물소리는 수달이었나? 소름끼쳐!
여하튼 밤길은 삼감이 좋겠다

60년대 애연송(愛煙頌)

새마을 운동 시작하고
통일쌀이 풍년초

진달래술 얼큰하여
아리랑 고개 넘어간다

금관 쓰고 파고다 앉은
해바라기 몽상가(夢想家)

솔솔나는 고향생각
한강 같은 눈물이라!

술

술은 술술 넘어간다는데 넘긴 술도 게워내고
입에 쩍쩍 달라붙어 사이다처럼 달다는데
쓰고 실 뿐! 독약이라!

일청에서 남정네 탁배기 몇 사발은
배가 불룩 힘이 솟아 갑절이나 일을 하고
아낙들도 사발쯤은 희희낙락(喜喜樂樂) 탈 없는데
사내의 탈을 쓰고 잔(盞)술도 사양하니?

인화(人和)와 교제(交際)에 술의 공을 무시하랴?
자고로 영웅호걸 호색호주(好色好酒)하였는데
타고난 체질이 술과는 멀고멀다

허기야! 소심하고 급한 성질, 술이라도 마셨다면
명(命) 보전도 힘들었을 터!
외로움 자련하며 팔자(八字)려니 할 수밖에!

김삿갓(金炳淵)

'죽장에 삿갓 쓰고 방랑 삼천리'
얼마나 익숙한 노랫말인가?

청운(靑雲)의 꿈을 접어야 했던
절망의 아픔이 얼마나 크면
구름 따라 바람 따라 정처 없이 방랑하며
풍자와 해학으로 세상을 롱(弄)했던가?

천재(天才)와 나는 천질(天質)이 다르다만
소망이 없다는 점과 방랑의 기질은
닮은 데가 있는가?

훌훌 털고 산천구경이라도 하자꾸나!
새처럼 훨훨!
바람이라도 쐬고 싶다

초등학교 마당에서

어느 청명한 날 오후
초등학교 벤취에 앉아 쉬었다

경쾌한 음악에 맞추어
카드섹션 연습중인 어린 학생들!
운동장 한 편에서는
야구부 어린이들 땀을 뻘뻘 흘린다

열심히 배우는 진지한 자세에
희망이 보였고
어린이들의 상기된 볼이
얼마나 대견스러운지!

싱싱한 생기를 느끼며
우리 대한의 밝은 미래를 보는 듯하여
얼마나 가슴이 뿌듯하던지!

운해(雲海)

김포발 강릉행 국내 여객선
탑승하니 좌석이 기창(機窓) 쪽이다
갑자기 상승함에 가벼운 공포(恐怖)
두려움에 밖을 보니 기막히잖나?

구름 위에서 구름을 보는
하얀 구름세계, 운해(雲海)의 장관(壯觀)!
신비에 놀라 뿐! 표현이 불가하다
자호(自號)가 흙 아니면 해운(海雲) 좋겠다

입선(入船)

카나(假名) 겨우 읽고 쓰며
설레면서 일본 가니
오오구보(大久保) 고모님 댁
간판이 이리후네(入船)!

후지산(富士山) 등등 관광
고종 여동생 고맙고
고모님 댁 주신 후의(厚意)
어찌 말로 다하리까?

간판 이름 입선(入船)을
예사로 볼일인가?
새 색시 낭군 찾아 배타고 일본 오셔
여리신 작은 체구에
5남매는 버거우셨겠지요?

친정 조카 잘 살라고
비신 뜻을 저버리고
못난 조카 되고 보니
송구(悚懼)할 뿐입니다

시골길

답답하고 괴로우시면
시골 길을 걸어 보세요!
걷다 보면 거짓말 같이
마음이 편해진답니다

시원한 공기를 마음껏 마시세요
푸른 들판과 맑은 개울물
먼 산 아래 고즈넉한 마을들
뫼 꿩이 우는 소리를 듣다보면

막혔던 가슴이 열리고
축복받은 자연(自然) 속에서
절로 찾아오는 평안(平安)과
행복(幸福)을 느낄 것입니다

방황(彷徨)

전기도 안 들어와 깜깜한 동네
개구리 소리 극성스러운 후덥지근한 밤!
소정리역 불빛에 끌려 나왔다가
목포행 밤차에 몸을 싣고서도
우리가 왜! 탔는지도 몰랐다

억수처럼 퍼붓는 비!
졸가리 쳤던 보리 단들이 둥둥 뜨는 들판
물난리가 나서, 기차도 서다 가다 한다

무임승차가 들통 나서
학교역에서 귀향열차를 탔고
김제 인근의 어느 역이었던가?
미끌미끌한 길에 우산을 쓰고
하교(下校)길에 학생들!
재잘대는 밝은 모습이 부러웠다

왠지 울적하여 그저 떠났다가
후줄근해서 돌아왔다

거미

저 작고 보잘것없는 거미가
저렇게 많은 실을 뽑아
하늘에 그물망을
안테나처럼 신비하게 칠 수 있는지?

으슥한 곳에 숨어
한 때 한 나절 아니 언제까지라도
반드시 얻는다는 소망을 잃지 않고
꿋꿋하게 참고 견딥니다

미동(微動)이라도 오면 기회를 놓치지 않고
잽싸게 움직여 일침(一針), 겹겹이 포박한다
음습한 곳에 덫이나 놓아 노력 없이 산다고
음흉 흉측하다고 하나 그렇지 않지요!

허공중에 창조(創造)의 계획을 세웠고
몸의 진기를 다 쏟아 실천(實踐)에 옮겼으며
소망(所望) 안고 꿋꿋하게 참고 견딥니다
이보다 뚜렷한 삶의 철학(哲學)이 있는지요?
분명, 거미도 삶에 참이 있습니다

인왕산(仁旺山)

지심(地心) 깊숙하게 산근(山根)을 박고서는
층층하게 우뚝 선 바위산 우람하다

우람하면서도 험한 기운이 없고
부드러운 능선들 품어 안음이 있어라!

굳세고 높은 뜻에 포용함이 있으니
군자(君子)의 어진 덕(德) 왕성함이 아닐까?

용렬한 소년의 상한 마음 달래주고
서울의 야경(夜景)처럼 고운 꿈을 꾸라고!

나를 안아 품어 줌이 한 해하고 반 넘어!
군자의 산 인왕산아! 영명(榮名)이 영원 하라

노량진(鷺梁津)

합동(蛤洞)에 머물 때다
뚝섬으로 갈까 하다 노량진에 나와서

보트를 빌려 타고 얼마나 노(櫓) 저었나?
강변에 누웠더니 심신(心身)이 편안하다

강 건너 흑석동 강안(江岸)의 나무 아래
한가로운 태공(太公)들 지는 해를 아는지?

당인리 발전소의 하얀 연기 모락모락!
여의도(汝矣島) 하늘에 노을이 붉어라!

철쭉꽃

곡우(穀雨)도 지났는데 시내 곳곳 철쭉피어!
하얀 꽃은 깨끗하고 붉은 꽃은 고와 좋아!
울긋불긋 섞어 피면 참말로 화려하다

산 능선을 덮어 버린 철쭉의 장관(壯觀)이여!
소백산 철쭉제를 꼭 한 번 와 보시라
이 달 그믐 천안역서 관광열차 뜬다 한다

'열흘 붉은 꽃 없다'는 노랫말이 있는데
철쭉은 피고지고 여름 내내 피는지요?
철쭉이 내내 피면, 봄꽃 왕관 써야겠다!

길손

미루나무 키가 커도 그림자는 반 뼘 될까?
정수리가 뜨겁도록 사정없는 폭양(曝陽)에
인가가 먼 신작로 타달대는 길손은
찝찔한 땀 씻으며 그림자를 골라 밟네!
타달타달 지친 길손, 아른대는 바가지 물!
뉘엿뉘엿 지는 해에 쓰러질 듯! 쓰러질 듯!
인가를 찾아가나 남루한 이 누가 반겨?
성 베리오상 아래 길손은 털썩 앉아
흐르는 눈물 젖어 하늘의 별을 보네!

곰달래

소백산 곰달래가
풍병(風病)에 좋다하여

큰 고모부 모시고
죽령역(竹嶺驛)에 내렸더니

장산(壯山)의 취미(翠微)인지
하늘에 내린듯해!

신작로 밑 산동네
7, 8호나 될까 말까?

밭떼기도 없는 산속
무얼 먹고 사시는지?

약초 캐는 분들께
곰달래를 부탁하니

이튿날 해 걸음에
반 푸대는 실했다

소쩍새

달은 밝고 이슥한 밤
소쩍새 소리!
이다지 고요한데
뉘 들으라. 슬피 우나?

'제혈성성원두견(啼血聲聲寃杜鵑)'은
어느 어른 글귀던가?

이 밤에 이 아픔이
내 심사(心思)냐? 네 소리냐?

이리 뒤 척! 저리 뒤 척!
단잠은 글렀어라!

섭리(攝理)

앞서서 걷는 이는
무겁도록 끼여 입은 넝마 옷에
새라도 쳐 나갈듯한 쑥대머리
중얼중얼 희죽 희죽 웃고 간다

뒤에서 걷는 이는
얼굴은 윤기가 돌고
말쑥한 양복 차림의 신사인데
긴장하고 불안한 얼굴, 여유가 없다

피골이 상접한 광인(狂人)은 웃고
신사(紳士)의 표정은 불안해 보여!
광인은 해탈(解脫)이 있어 웃고
속인(俗人)은 꽁꽁 묶여 괴로울까?

길 건너 사람 보소!
전혀 의외의 표정들!
겉 보이지, 속 보이나?
하늘의 섭리(攝理)를 누가 알리요?

봉화대(烽火臺)

태학산(太鶴山)의 동남향(東南向)
산허리쯤에
작은 산등 평평한 터 봉오대라 한다

봉오대가 봉화대의 와전(訛傳) 아닐까?
사람자취 분명한 터, 봉화 둑인지?

서(西)와 남(南)이 장산(長山)이나
봉(烽)과 수(燧)야 안보이랴?

직봉(直烽)인지, 간봉(間烽)인지
군지(郡誌) 보면 알는지?
버려진 옛 자취 칡넝쿨로 산 된다

성황당(城隍堂)

동네의 초입에 우뚝 막고 선
천하대장군(天下大將軍) 지하여장군(地下女將軍)
두 눈을 부릅뜨셔 사귀(邪鬼) 막는데

마을 뒤 언덕의 서낭당 길은
당산(堂山)집 사라지고 당산 나무 뿐!
오며가며 빌은 돌이 돌무더기다!

태공(太公)이 궁팔십(窮八十) 달팔십(達八十)하고
달팔십(達八十)을 못 본 부인 한(恨)이 서려서
한(恨) 많은 이 한(恨)을 알아
한(恨) 씻어 줄까?

당산나무 청색홍색(靑色紅色) 천 조각 걸면
당산(堂山)이 구진 일을 도맡으셨고
남이 볼까? 떠나는 이 오죽하리요!
돌이라도 쌓는 정성(精誠) 돌아 봤다네!

논 물대는 밤

달포가 가깝도록 비는 안 오고
기우제(祈雨祭)를 올려야 비 오시려나?
어제는 중보치고 오늘은 한보
고단하다 물 안대고 쉴 게재던가?

들에 나와 수멍 여니 보(洑)물이 콸콸!
칠흑같이 어둔 들 불빛들 봐라!
여기저기 왔다 갔다
도깨비불 같네!

소화십년(昭和十年)이랬나?
물 없는 논 개구리가 뻗었다는데!
그래도 이 가뭄이 나은 것인지?
맹꽁이가 맹꽁! 맹꽁! 개구리가 개굴! 개굴!

몇 시(時)나 되었는가? 마을 불이 다 꺼졌다
눈이라도 붙이자 마을로 들어서니
컹컹 짖던 동네 개가 꼬리치며 반기네!

절터골

다랑이 논 끝나고는 소반짐도 안보이고
칡넝쿨 덤불은 길인지? 산인지?
풀숲에서 흑염소 울어 후유! 한 숨 쉬었다

머리 드니 언덕 위에 덩그러니 집 한 채!
보살할멈 풍채 좋으시나 늙은이는 분명한데
이 산중에 혼자서 무엇 믿고 사시는지?

세상만사 귀찮은데 마주한들 할 말 있나!
내 방으로 들어오니 밤바람에 낙엽소리
추운 겨울 눈 쌓이면 범이라도 나오겠다

기적(汽笛)소리

반가운 손님을 마중 나온 역(驛)
검은 연기를 뿜으며 들어오는
기차의 우렁찬 기적(汽笛)소리는
얼마나 가슴을 설레게 하였던가!

반가운 손님은 아니 내리고
멀어져 가는 기차(汽車)!
산 넘어 하얀 연기 흩어지며
기적(汽笛)소리 희미해지면
얼마나 가슴이 허전하였던지!

마을의 등불들 하나 둘 꺼지고
창밖의 비 소리에 잠을 설치는 밤
파지게 고개 넘어가는 기적(汽笛)소리는
얼마나 가슴을 서글프게 하였던가?

철마(鐵馬)의 울음이라

지금까지 이렇듯 애타게 하는 것인가?

덧없는 세월의 흐름이여!

기차(汽車)의 기적(汽笛)소리 아득하구나!

탑골공원

탑골공원(公園)은
우리나라 최초(最初)의 공원(公園)

대한의 피가 뛰는 심장(心腸)이라
팔각정(八角亭)에서
우리 선현들 기미독립만세(己未獨立萬歲)를 외쳤고

서울시민을 숨 쉬게 하는 허파라
누구나 부담 없이 들어와
역사(歷史)의 숨결을 느끼며 쉬지 않는가!

파고다에 들어서면
장기 두며 한담(閑談)하는 노인들!
음악이 있고 익살의 웃음소리가 있어
사람들의 훈기(薰氣)가 넘치는 마당!

남녀노소(男女老少) 빈부귀천(貧富貴賤) 없이
누구나 들어와 쉴 수 있는
평화의 마당!

그러기에 비둘기도
마당에 내려와 구구구! 놀고
13층 탑상(塔上) 파란 하늘을
자유롭게 나는가 보다!

부엉골

부엉골에 찾아드니
처사(處士) 홀로 사시던 집
방 하나 부엌 하나
퇴락(頹落)이 심하구나

마음이 아니 내켜
돌아설까? 망설이니
조선 솔 솔 씨 먹던
청설모가 머물란다

부엉이 우는 소리
깊은 밤은 적막하고
뜰에 나서 하늘 보니
별이 총총 신비로워!

산새 소리 잠을 깨니
계곡에는 물소리요
심마니 들러 가고는
온 종일 인적(人跡) 없다

은(隱)골

은골을 찾아드셔 어떻게 사시나요?
요(堯)임금 치세(治世)도 마음에 아니 들어
기산(箕山)에 숨었다는 허유(許由)는 당(當)토 않소!
날개 죽지 상한 새가 어떻게 날 수 있소?
숨은 것이 아니라 살라고 왔답니다

백이숙제(伯夷叔齊) 채미(采薇)는
만고(萬古)의 충절(忠節)이요
비알 밭 다랑이 논 허둥대는 이 뜻은
쪼르륵 빈 속 채워 살아남자 함입니다

흰머리 너풀너풀 이는 빠져 휑하다오
지난날을 돌아보면 부끄러움뿐!
산처럼 말없이 생긴 대로 살리로다

물처럼 거스르지 않고
순천명(順天命) 하려하오
그저 여생(餘生) 큰 탈 없이
살다가자 함이라오

백마강(白馬江)

부여읍 동남리(東南里)
백제탑(百濟塔) 날아갈듯!
평제(平濟)란 비명(碑銘)에
마음이 편하겠나?

반월성(半月城)을 보려고
부소산(扶蘇山)에 올라서는
백화정(百花亭) 우뚝 서서
백마강(白馬江)을 굽어본다

고란정(皐蘭亭) 물마시고
군창지(軍倉址)를 휘익 돌아
마흔 해 전 바쁜 유람
조룡대(釣龍臺)도 못 보았네!

청양(淸陽)이 먼 길인가?

팔달문(八達門) 밖 친구 따라 청양(淸陽) 가다가
신분증이 둘 다 없어 수상쩍다고
공주(公州) 경찰서(警察署)가 가지 말란다

이튿날 청양 차 정산 오더니
냇물 불어 못 간다고 버리고 가네!

비 오는 정산 장터 여인숙 드니
방방(房房)마다 고성방가(高聲妨歌)
어찌 자라고!

봄비도 물이 부나? 신분증(身分證)은 왜 두고 와?
이틀이나 걸릴 만큼 청양이 먼 길인가?
청양의 자두 꽃이 짜증을 풀어 준다

그릇

토기장(土器匠)이 마음대로 그릇 만든다
종지는 만들어 간장을 담고
큰 독은 만들어 곡식을 담아!

작은 그릇은 작아서 쓸모 있고
큰 그릇은 커서 쓸모가 있다.
생긴 대로 쓰는 것이 순리(順理) 아닌가?

순천자(順天者) 존(存)하고
역천자(逆天者) 망(亡)이라!

사람들아! 불평(不平)마라. 허욕(虛慾) 버려라
생긴 대로 살다 감이 순천명(順天命)이라!

백로(白鷺)

백로(白鷺)가 사는 동네
부촌(富村)이 된다는데
요즘 인근에
백로 떼가 안 보이네!

각고지 앞산 소나무 숲에
떼 져 살던 백로는
어디로 갔나?

아침 해 뜰 때의 비상(飛翔)은
활기(活氣)가 넘쳤고
해 질 무렵 산허리를 돌아
집 찾아오는 백로 떼는
한 폭(幅)의 백양목(白洋木)이 하늘대는 듯!

참말로 꿈이었나? 그림 같더니!
눈 뜨면 보던 새를 보지 못하니
소중(所重)한 무언가를 잃은 것 같다

네 잎 클로버

클로버를 보면 토끼풀 뜯던 어린 시절과
60년대 4-H 운동이 떠오른다

'네 잎 클로버가 행운을 가져온다'
일찍이 들은 말이나
나폴레옹의 생명을 구한 행운이었음은
요즘에야 들었구나!

인생 만사가 섭리(攝理) 중에 있는가?
만사분기정(萬事分旣定)이요
부생공자망(浮生空自忙)이라
어디서 읽었던가? 어느 어른 말씀인지?

시골 역(驛)

완행열차(緩行列車)만
잠시 섰다 가는 작은 역!
전기도 없었던 산골의 아이는
소정리(小井里) 역의 전깃불이 신비로웠다

어쩌다 역에 나오면
역사(驛舍) 곁의 멋진 왜옥(矮屋) 몇 채와
능수버들 가지 휘늘어진
아담한 시골 역이 좋았다

제복(制服)에 제모(制帽)를 쓰신 역부(驛夫)가
들어오고 떠나는 기차에
신호를 보내는 모습이 멋있어 보였다

봄에는 노란 비단 꽃
가을에는 코스모스가 한들대던 역
시골 역하면 소정리역(小井里驛)이 떠오른다

선두리(船頭里)

장봉도 시도 신도 동검도가 둘러싸니
강화도 남쪽 끝의 선두리가 섬 땅이냐?
갯가 언덕 서서 보니 우선 일감(一感) 시원하다!

부두(埠頭)에 배 들어와 뱃사람들 바쁘고
풍기는 갯비린내, 갈매기 떼 끼룩댄다
훨훨 나는 갈매기를 한가롭다 보시는가?
사람이나 갈매기나 힘든 삶은 일반(一般)인데 !

동력선(動力船)을 얻어 타고 동검도에 올라보니
확 트인 넓은 바다, 보경(寶鏡)처럼 파란 물아!
조업(操業)하는 어선들 오락가락 그림이라!

고로니 해변

조암장서 버스 내려 고로니를 찾아가니
산과 마을 숨바꼭질, 노랗게 벼 익는다
한적한 신작로에 혼자라고 심심할까?
얼마를 걸었던가? 바다냄새 가깝구나!

갯고랑에 두서너 척, 어선이 박혀 있고
옹기종기 붙은 집들 고로니 어촌(漁村)인가?
남쪽으로 허연 물은 밀물인지, 썰물인지?
저 멀리 통통배가 섬모롱을 돌아가네

아낙들이 두런대던 갯바위에 올라서니
굴 딱지가 더덕더덕, 망둥이도 뛰는구나!
해풍에 가슴 열고 얼마를 앉았던가?
지는 해에 물빛이 금빛처럼 반짝인다

삼척(三陟) 나들이

삼척선(三陟線)의 종점이요, 석탄 생산지!
이미지(Image)가 검은데 막상 와 보니
서북을 산이 막고 동남이 동해(東海)!
의외로 깨끗하여 머물고 싶다

관동팔경(關東八景), 하나가
죽서루(竹西樓)라지?
오십천(五十川) 굽어보는 풍경(風景) 좋으나
옛사람들 풍류(風流)를 내 어찌 알랴?

삼화사(三和寺) 앞 냇물은
청옥산(靑玉山)의 물
너럭바위 이름이 무릉(武陵)이런가?
신선(神仙)이 내려와 노실만 하네!

바위

사슴이 놀고 가면 학(鶴)이 와 울고
호랑이가 쉬다 가면 부엉이 울어
이름 없는 나무꾼 노래하였고
구름 따라 오신 스님 도(道) 닦았는데
바위는 이렇다 말이 없구나!

뜨거운 폭양(曝陽)이 타는 듯했고
긴 장마 얼마나 지겨웠을까?
눈 속에 파묻혀 꽁꽁 얼어도
바위는 굳세게 참아냈구나!

과묵(寡黙)과 인내(忍耐)를 가볍다 하랴?
묵묵히 변함없이 굳센 바위야!
마음이 갈대 같아 무엇에 쓰랴?
바위 같은 부동심(不動心)이 정말 부럽다

산촌(山村)

강남에서 제비 오면 아지랑이 피어올라!
겨우내 인적 없던 빈들이 바빠진다
뻐꾹새 우는 산전(山田) 바랭이 풀 지겹고
물대는 이 심심할까 뜸부기 울었구나!
단풍(丹楓)잎 지고 나면 추수(秋收) 끝나 한가하니
시간이 나는 대로 땔나무나 하자꾸나
설한삼동(雪寒三冬) 눈 쌓이면 찾는 이도 드물 터
화롯불에 밤 구면서 오순도순 나자꾸나!

첫 눈

텅 빈 남새밭에 가랑잎이 휘날리고
차가운 북녘하늘 기러기 떼 오는 날
첫 눈이 하늘에서 하늘하늘 내리더니
하늘이 어두워져 펑펑 쏟아지고
기뻐 뛰는 아이들, 강아지도 덩달다

아침에 일어나서 방문을 열었더니
하얀 눈이 마당 가득 한 자도 더 왔나 봐!
나뭇가지 휘도록 장독대가 무겁도록
마당가에 나와 보니 온 누리가 눈 세계라!
어느 화공(畵工) 밤 동안에 이런 그림 그려낼까?

산사(山寺)의 종(鐘)소리

깊고 깊은 산사(山寺)에
맑은 새벽 종소리!
어느 스님 자지 않고
잠든 중생(衆生) 깨우시나?

흘러가는 물과 같이
바람처럼 고루고루
산을 돌아 골을 타고
멀리멀리 퍼져간다!

깊고 깊은 산사(山寺)에
어둔 저녁 종소리
어리석은 중생(衆生)들
편히 쉬라 울리나?

대자대비(大慈大悲) 부처님의
부드러운 음성인가?
장중(莊重)하고 청량(淸亮)한 중
은은한 여운(餘韻)이여!

까치 집

키 큰 가시나무 그것도 꼭대기에
까치집이 까맣게 세 개나 붙어 있다
나뭇가지 얼기설기 요밀조밀 막았으니
구렁이가 널름댄들, 현기증 나 못 오르고
독수리가 탐을 낸들, 철옹성(鐵甕城)을 치겠느냐?
높은 가지 센바람도 까딱없는 집 짓고서
자랑스레 짖고 있는 까치소리 경쾌(輕快)하다

하늘과 가까운 집, 밤에는 별과 놀고
낮에는 가던 구름, 들려 쉬다 가나니
별님한테 천기(天氣)들어 문(門)의 향(向)을 놓았고
구름한테 들어서 소식이 빠르단다.
까치집의 문(門)을 보고, 날씨 아신 선조님들
아침까치 짖어대면 손님 온다 하셨지요?
동네방네 까치소리, 우리 텃새, 나라 새여!

외가댁(外家宅)

남양 땅 화령(華寧)에 고색(古色)이 창연(蒼然)한 집
진장(鎭將)이 사시던 집, 외조부(外祖父)가 사셨더라
남쪽으로 트인 포구(浦口), 산 넘어가 대부도요
이웃은 바다 가에 쓰러지는 외딴집뿐!
뱃일 나가 텅 빈 집은 하루 종일 적막(寂寞)하고
울타리에 너른 그물 비늘만 반짝였다
산골에 사는 아이 처음 보는 바다이다!
개펄에 다가 가니 쏜살같이 숨는 게들!
밀물에 튀는 숭어 다 세기는 틀렸더라!

호마(胡馬) 한 필(匹)

해방되기 한 해 전에
내가 난지 두어 달에
호마 한 필 들어 왔다가
나 때문에 팔았단다
일본군을 먹이자고
공출로 소 빼앗아 가
폐기 직전 호마 한 필
소 대신에 보냈으니
농가에 호마가
당(當)하기나 한 일인가?
전장(戰場)에서 뛰던 말
길길 뛰고 히힝 대니
깜짝깜짝 아기 놀라
바로 팔아 치웠단다

둥구나무

찬샘으로 넘어가는 고갯마루 둥구나무
풍세 들을 굽어보아 시원하기 그만이다

인근 여러 동네 중에 제일 크고 우람하니
장정 셋이 팔 벌려서 나무둘레 다 잴까!

낮에는 그늘 좋아 마을사람 쉼터요
밤에는 새떼 모여 잠을 자는 보금자리!

단오(端午) 날에 그네 매면 계집애들 신이 나고
여름 내내 좋은 그늘 장군! 멍군! 시끄럽다

꼴 베러 오며가며, 들 나갈 때 쉬어 가니
새기 꼬는 남정네들, 수다 떠는 아낙네들!

그늘 따라 자리 옮겨 코 고시던 할아범은
시끄럽다 투정하다 다시 잠이 드셨구나!

참은 하나

산은 산이요, 물은 물이라!
성철(省澈) 큰스님 법어(法語)하시니
방랑연운(放浪煙雲) 청명(靑溟)선생
산외무산(山外無山), 수외무수(水外無水)라!

참선(參禪)의 고행(苦行)은 정(靜)이요
지성(知性)의 방랑(放浪)은 동(動)이라!
정(靜)과 동(動)이 다르다만
정(靜)하다 동(動)하고 동(動)하다 정(靜)하는 법!

고승(高僧)과 태두(泰斗)의 뜻
어찌 다 알랴마는
"참은 하나!"라 가히 알만하구나!

註
청명(靑溟)선생–한학과 서예의 대가이신
故 임창순(任昌淳)선생을 일컬음

참새

도회지의 농업학교 마당
나뭇가지에 참새 몇 마리

반갑구나!
한 지붕 아래 살던 새

어린 시절 동창이 밝아 오면
처마 밑에서
짹짹! 짹짹! 잠을 깨우던 새

아! 얼마 만인가?
너를 본 지가
해 질 녘 마을에 떼 져 날더니!

어촌(漁村)의 봄

남풍이 불더니
얼음 풀리고

어촌에 봄이 와
꽃이 환하다

동산에 오르니
사방이 물!
물속에 산들은
잠길 듯하고

먼바다 나가는
고깃배 하나!

수평선 저 멀리
섬 돌아간다

샘

70여 호 큰 마을에 논 가운데 샘 하나!
그것도 가까운 집이 전봇대 둘이던가?
신작로로 통하는 동구 앞에 있다 보니
들고 나는 사람들 샘가 앉아 다 보고
아낙들의 수다에 시시콜콜 다 들었다
하루 종일 두런두런 웃음소리 시끄럽고
밤이면 달이 뜨고, 달 없는 날 별이 떴나?
물동이로 물을 긷고 자배기를 쓰던 시절
자고나면 마주하던 그 얼굴들 그립구려

방죽의 아침

먼동이 터 올 무렵 방죽 둑에 올라서니
자욱한 물안개, 신비한 휘장(揮帳) 같네
무성한 수초(水草)사이 물오리 잠을 깼나?
넓은 바다 나가는 거북선들 흡사하다!

버들잎의 이슬방울 이마가 선뜻하다
푸드득 새들이 아침하늘 맴돌고
상쾌한 미풍(微風)에 잔잔한 물결이여!
안개 걷고 해 오르니 연꽃이 반갑네

하늘의 뜻일러니!

불 켜진 방문 앞마루 위에
똬리 틀은 독사 보고 기겁하더니
그 해에 선고(先考) 가셨고

산더미 같은 파도가 내 집을 덮쳐
놀라 깨셨다는 고모님의 꿈 뒤에
평생을 회한이니

아뿔싸! 인생사가
내 탓이냐? 팔자(八字)이냐?

온 세상을 매혹시킨
피겨 여왕 김 연아 孃의
아빠 꿈도 묘(妙)하잖나!

내 뜻대로 아니 되는
인생사(人生事) 길흉화복(吉凶禍福)
알 듯 말 듯 모르는 바
하늘의 뜻일러니!

복인(福人)

차(車)들이 질주(疾走)하는 순환도로 밑
동틀 무렵 농부(農夫)가 중거름 주네
숨 가쁜 차량들 앗 질만 한데
농부는 느릿느릿 여유롭구나!

아침 밥맛 꿀맛이니 건강(健康)이 오고
때 마쳐 근면(勤勉)하니 수확(收穫) 크리다!
몇 해 안 가 금싸라기 불 보듯 하니
저 양반의 말년(末年)은 복(福) 터지겠다

하운(夏雲)

하운다기봉(夏雲多奇峰)이라 하더니

복더위 비 끝에 구름이 조화(造化)로다

유왕산(留王山) 흑성산(黑城山)

부드러운 능선 위에

충충첩첩(層層疊疊) 기암절벽 괴이하고

붉은 구름은 선인(仙人)이 하강하나?

캬라반을 속이는 신기루(蜃氣樓)더냐?

화평과 희락이 충만한 천계(天界)

구름의 조화가 신비(神秘)를 연다

반달

눈이나 붙인 대다 해 질 녘에 잠을 깼어!
부스스 마당 나와 조각하늘 보려니
나뭇가지 걸린 반달 반가운 마음이여!

희뿌연 하늘에 선명한 반달이
찌들은 내 가슴을 다정하게 위로한다
불안하던 마음속 잔잔한 평화여!

낮에 나온 반달을 얼마 만에 보는가?
달빛의 정감(情感)이여!
신비(神秘)한 매력(魅力)이여!

황조(黃鳥)

더위가 고비인가? 기승을 떨어!
가까운 산사(山寺)를 찾아 오르니

노란 황금색 꾀꼬리 한 쌍
참나무 숲에서 노래를 한다

정답게 날고 있는 저 새를 보니
유리왕(儒理王)의 심사를 알 듯 하잖나?

하찮은 미물(微物)도 짝이 있는데
혼사(婚事)가 급할수록 속이 타든다

회한(悔恨)

일평중(一枰中)에 악수(惡手) 하나
승패(勝敗)를 가르듯이
인생에 한 번 실수
평생이 나락(奈落)이라!

날개 죽지 꺾인 새 날 수가 없고
늙고 병들면 쓸모가 없다.
살얼음 밟듯이 살라고 하였는데
누구를 원망하랴? 나의 탓인데!

칠전팔기(七顚八起)의 용기(勇氣) 있어도
엎질러진 물을 쓸어 담겠나?
삼감이 보가(保家)의 요체(要諦)인 것을!

감사(感謝)

성경(聖經)은 범사(凡事)에 감사하라고 한다
그러나 중심에서 우러나오는 감사가 있는가?

영육(靈肉) 간에 고달픔과 버림받은 이방인!
여비마저 떨어지고 내일도 모르는데!

무소유(無所有)를 행한 스님, 세상이 내 집인데
무소유(無所有)가 완전한 나, 어디에 머리 둘지?

감사는 은혜에 대한 반응이요, 답례다
감사가 뜨거운 이 복 있는 사람이다

공작(孔雀)

5월의 태양 아래 햇빛이 좋다
공작새 꼬리 피고 거드름 떠네!

태극선(太極扇)을 활짝 핀 듯
아름다움은
꽃부채 비단부채 저리 가란다!

조물주(造物主)도 너 만들고 흡족하셔서
혼자 빙그레 웃었을 거야!

배롱나무

7, 8월 자미화(紫微花)가
봄꽃처럼 화사(華奢)하네!

백일한(百日恨)이 어디 서려
백일홍(百日紅)이라 부르는지?

님 그리는 붉은 마음
얼마나 짙어

십일홍(十日紅) 꽃 없다는데
백일홍(百日紅)인가?

처녀의 홍조(紅潮)라서
저리 고운가?

간지럼에 배롱이라
꽃 이름에 멋들었다

능수버들

창포물에 머리 감고 말리는 여인처럼
휘늘어진 버들가지 바람에 멋들었어!

평시(平時)는 돈이요, 전시(戰時)는 살촉이라
너를 본 뜬 유엽전(柳葉箭) 옛사람들 슬기라!

천안하면 삼거리요, 삼거리는 능수버들
바람이 하 세어도 능소 순정 못 꺾었어!

공원에 뛰노는 천진한 아이들
선비의 타던 가슴 알 리가 만무하지!

잉꼬

시골 처녀 서울로 시집가서는
친정 오며 잉꼬 한 쌍 예뻐 사왔다

새장 문을 열자마자 푸드득! 날아
순간에 하늘 날다 사라져버려!

좋은 잠자리에 넉넉한 먹이도
창공을 나는 자유만 못하던가?

텅 비어 허전한 새장을 보며
인간(人間)도덕(道德)의 한계를 본다

빠삐용의 탈출에 박수친다면
잉꼬의 해방도 천리(天理) 아닌가?

천호지(天湖池)

수련(水蓮)과 꽃창포는
한 낮에 볼 일이요

호수공원 현수교(懸垂橋)서
단대(檀大)를 향해 보니

보석(寶石) 박은 비단처럼
검은 물이 휘황(輝煌)하다

천호지의 야경(夜景)은
흑(黑) 백(白) 홍(紅) 삼색(三色) 뿐!

어느 예인(藝人) 색 감각
이렇게 고고(高高)할까?

고요한 밤의 정적(靜寂)
마음이 편안하다

노숙자(露宿者)

콘크리트 날바닥에
한 바다 간 저 노숙인(露宿人)

풍찬노숙(風餐露宿)하는
거인(巨人)은 아닐 터!

주린 배 움켜잡고
울화(鬱火)로 홧술하다

쓰러졌을 저 사람
숨이 붙어, 사는 신세(身世)!

후박(厚薄)이 없는 하늘
부귀빈천(富貴貧賤) 누가 정해?

옷 칠 같은 인생사(人生事)
얄궂은 운명이여!

고르지도 못하니
남의 일 같지 않다

옥잠화(玉簪花)

사랑 앞 화단에
매화가 지고나면

조용히 오는 봄비
촉촉이 젖고 있는

연두색 옥잠화(玉簪花)
생기가 돌았잖아!

옥피리, 소리 설워
풀벌레, 밤 지새나?

달빛아래 하얀 꽃
옥비녀를 꽂았는가!

이렇게 그윽한 향(香)
들은 정(情)이 짙음이라

매자나무와 며느리밑씻개

며느리밑씻개가 매자나무 덮는구나!
오죽이나 미우면 이름이 그 꼴인가

사랑하는 아들이 믿고 사는 사람인데
그 사람 미워하며 내 속인들 온전하랴?

간(肝)에 좋은 매자라니 정성으로 달여 올려
고부간(姑婦間)의 얄궂은 정(情), 바로 잡아
보시구려

바가지

가을날 초가지붕
하얀 박이 뒹굴더니

이제는 시골 가도
박 보기가 어렵구나!

쓸모 많던 바가지가
박 공예나 쓰이는지?

궁한 살림 박박 긁는
바가지만 여전하다

거제도의 동곳이

거제도 섬 중에
볼 것 없던 돌너덜 산
동곳이를 찾아들어
자연보고(自然寶庫) 만드신 이
강 명식 옹(翁)의 땀이
헛되지를 않았어라

빼어난 한려수도(閑麗水道)
풍광(風光)에 반해버려
물나라 돌너덜에
쏟은 정성 반평생(半平生)!
삼백 서른 세 개의
돌계단이 우연(偶然)이랴?

살생유택(殺生有擇)

부처님의 계율(戒律)은 살생(殺生)을 금하시나
살생을 아니 하고 어떻게 살 수 있나?

하찮은 미물(微物)도 살려고 나왔는데
알고 모르고 살생이 얼마던가?

부처님 금(禁)하심은
인명(人命)에 한(限)함일 터

화랑(花郞)의 살생유택(殺生有擇)
사람 도리(道理) 가깝구나!

밤안개

하늘에 높이 떠 휘영청 밝은 달
지표면 자욱하게 뽀얀 밤안개여!
흰 비단 장막(帳幕) 안에 조명등(照明燈)을 밝힌 듯
놀라운 신비경(神秘境) 참말로 황홀(恍惚)하다

몽롱(朦朧)하여 취한 듯 얼마를 걸었던가?
자욱한 밤안개에 옷이 다 축축한데
은은하게 들려오는 성당(聖堂)의 종(鐘)소리여!
나뭇가지 자던 새들 '날이 샜다.' 날아간다

천안삼거리

천안하면 삼거리 팔도(八道) 사람 다 알잖나?
삼남(三南)사람, 여기서도 한양성(漢陽城)은 300리
삼거리 주막(酒幕)에서 과객(過客) 아니 쉬어가랴!

해남의 땅끝에서 예까지 몇 날인가?
문경 새재 넘어오기 얼마나 곤(困)하시오?
노독(路毒)을 푸는 주막 사연도 많을 터
버들가지 흐르는 비 능소의 눈물인지?

영산홍

연분홍 영산홍
활짝 펴 반갑다

밤은 깊어 적막한 중
설한풍이 거센데!

잠 못 들고 뒤척이는
나를 위로 하려는가?

고운 여인 방그레
웃는 듯 밝구나

상전벽해(桑田碧海)

천안 역 서쪽은 논 가운데 하릿불
농가(農家) 몇 채 띄엄띄엄
비산비야(非山非野) 쓸쓸했다

80년대 들어서냐? 서울 바람 불어와
공단(工團)이 들어서고 자고 나면 새 건물들

50년 사이에 인구가 50여만!
평균 지가가 100배도 넘었구나!

미라골 가시밭은 아파트가 치솟고
우마차나 다니던 길 자동차들 꼬리 물어!

무쌍(無雙)한 변화에
상전벽해(桑田碧海) 실감(實感)한다

해녀(海女)

동해항 방파제 올라 동해를 보니
가없는 수평선에 잔잔한 파랑(波浪)!
굽어보니 테왁 하나, 물 위에 둥실
동해에서 해녀는 뜻 밖 이구나!

전복을 캐시나? 해초를 뜯으시나?
보기도 무서운 시퍼런 물속!
수 없는 자맥질은 인어(人魚)라 할지?
물질하는 솜씨가 예사 아니네!

삼다삼무(三多三無)

제주시 동문(東門)밖 삼성혈(三姓穴)에서
고을나(高乙那) 부을나(夫乙那) 양을나(良乙那)나와
탐라(耽羅)라는 나라를 세웠다지요?

바람 돌 여자 많아 삼다(三多)라함은
사람 살 곳이 못 된다는 말!

도적과 거지 없어 문(門)도 없다는
삼무(三無)는 사람이 살 곳이라는 말!

삼다삼무(三多三無)가 헷갈린다만
화산섬의 풍광이 이국(異國)같다지?

제주공항 내리면 성산을 가자.

일출봉 올라서 해돋이 보고

물질하는 해녀들도 이색적(異色的)일 터!

한라산 등정(登程)은 오름을 타고

노루와 놀다가 백록담(白鹿潭) 올라

'참 아름다워라!'를 찬송하리라

현충사(顯忠祠)

아산(牙山) 현충사(顯忠祠)는
성웅(聖雄) 이순신(李舜臣) 장군(將軍)을
추모(追慕)하는 사당(祠堂)이 있고

장군이 소년시절 학문(學問)과 무예(武藝)를
연마(研磨)하던
나라의 155호 사적지(史蹟地)라!

은행나무 노랗게 물든 가로수 길 달려와
현충사 마당 앞에 서서, 삼가 옷깃을 여민다

왜적(倭敵)의 칼에 자식을 잃은 아픔과
노모(老母)를 걱정하던 장군의 효심(孝心)!

수루(戍樓)에서 시름하던 구국(救國)의 충장(忠將)
한산도 대첩(閑山島 大捷)과 노량해전(露粱海戰)을

어떻게 잊을까요? 빛나는 성업(聖業)!
청사(靑史)에 그 이름 영원(永遠)하리라!

생사(生死)

이승과 저승이 숨 하나 사이던가?
불속에 들어갈지? 땅속에 들어갈지?
하루를 사는 만큼 죽음 하루 가까운데!

가시 하나 박혀도 못 견디는 사람이
거부할 수 없는 죽음 앞에
어찌 아니 두려우랴?

모든 사심(邪心) 버리고 천심(天心)으로 돌아가자
과거(過去)는 모두 잊고 앞날만은 바로 살자

봉선홍광사갈기(奉先弘廣寺碣記)

성환 지나 대홍리 국도변에 비(碑) 하나
솔밭에 초라한 비(碑), 무심하게 보았는데
이 비(碑)가 국보 7호 홍광사 갈(弘廣寺 碣)이구료!

고려의 현종(顯宗)임금
아버님의 불심(佛心)을 이어
도적을 물리치고 과객(過客)을 쉬게 하자고
200여간 홍광사(弘廣寺)와 80여간 통화원(通化院)을
세우셨네

한림학사(翰林學士) 최충(崔忠)이 짓고
국자승(國子丞) 백현례(白玄禮)가 쓴 비(碑)!

귀부(龜趺) 위의 연화대(蓮花臺)가
비신(碑身)을 받들고 운문(雲紋)의 이수(螭首)를
이고 있는 갈기(碣記)여

당시 은열공(殷烈公)이 별감사(別監事)로
일하신 자취요, 더구나 국보 7호이니
후손(後孫)으로 무심(無心) 소홀(疎忽)할 수
있겠는가?

그리움

오후 들어 비 그치고
여우 해가 빛나니

우산 속의 얼굴이
꽃보다 더 고와

강렬한 자석(磁石)처럼
넘치는 매력(魅力)이여!

첫눈에 설레는 마음
무슨 말을 해야 할지?

멈칫멈칫 망설이다
말 한마디 못하고

용기(勇氣) 없는 못난이
그리움에 멍들었네!

여생(餘生)의 바람

양지바른 산기슭
해 잘 드는 언덕에
앞강을 굽어보는
남향(南向)집을 짓자

　　십년지계(十年之計)로
　　과수(果樹)나 심고
　　터 밭을 가꾸는
　　재미로 살자

해 아래 여생(餘生)이
얼마나 되랴!
대숲에 지저귀는
새소리 듣고
강바람 쐬면서
달을 보리라!

풍수해(風水害)

오끼나와 해상에서 북상(北上)하는
태풍 곤파스가 한반도를 치던 날 밤
내륙의 천안도 바람 어찌 거세던지!
유리창이 덜컹덜컹 간판이 날아가고
뿌리 채 뽑힌 나무 여기저기 뒹굴었다

곤파스 가고 나서 며칠이 지났느냐?
중부지방 집중호우(集中豪雨)
농어민들 한숨소리!
光化門 물바다는 난리 아닌가?
사람이 사는 길은 순응(順應) 뿐이군!

달맞이꽃

인적 없는 냇가 둑에 이슬 맞는 달맞이꽃
누가 너를 본다고 노란 꽃이 고우냐?

태양신을 믿었던 인디안의 추장 아들
사랑하던 로그 처녀, 얼이 서린 달맞이꽃

달이 뜨면 피어나서 달님을 바라보다
달님이 사라지면 꽃잎을 접는다지?

애달픈 사랑이여! 순정의 사랑이여!
달맞이꽃이라니 꽃 이름도 예쁘구나!

사슴

운산(雲山) 은자(隱者)의 집
피리소리 들으려고

    은은한 달빛 아래
    놀다 가는 사슴인데

어찌하다 우리 안에
갇혀 살게 되었느냐?

    종족(種族)을 보존하자
    천직(天職)을 다 하던 뿔!

인간의 탐욕에
돈이 되고 말았으니

    기품(氣品)을 잃은 사슴
    눈망울이 서러워!

대한민국 우승

17세 이하소녀들의 FIFA WORLD CUP에서
'2010년도 대한민국 우승'의 朗報를 듣다

그것도 한일전(韓日戰) 120분(分)의 혈전 끝에
승부차기로 얻어낸 빛나는 쾌거(快擧)!

장 슬기 양의 침착한 슛팅 하나가
온 국민을 감동, 환호하게 하였고

애국심과 투혼 하나로 똘똘 뭉친
태극 소녀들 세상을 놀라게 하였구나!

장(壯)하다! 대한의 딸들아!
너희들의 흘린 땀 찬란한 영광이요
빛나는 쾌거(快擧) 청사(靑史)에 빛나리라!

맹씨행단(孟氏杏壇)

소타고 입궐(入闕)하던 대감이 뉘셨던가?
충청도 온양사람 고불(古佛)영감 이었다죠?
청빈(淸貧)이 몸에 배고 사려(思慮)가 성실하셔
맹사성(孟思誠) 이름대로 청백리(淸白吏)에
드셨어라!

맹(孟)씨네 행단(杏壇)을 무심하게 지나치랴!
망경봉(望鏡峰)같은 혜안(慧眼)
설화(雪花)처럼 빛나는 얼!
500해가 넘어서도 잊을 수가 없답니다.

낙엽(落葉)

봄이면 새잎 돋아
여름 내내 싱그럽다
가을이면 단풍들어
우수수 지는 낙엽 !
마지막 고움을
예사로 흘려 볼까?
스산한 바람에
어쩐지 서러움은
본능적 예감이
때를 앎이 아니겠나?
표랑(漂浪)하다 썩어서
부토(腐土)로 돌아가니
낙엽은 새 생명의
밑거름이 되는구나!

굴피집

강원도 삼척 땅 깊은 산중 굴피집에
정상우 어르신네 전대질만 50여년
감 따느라 바쁘신데 여든하고 넷이란다

새소리 물소리 뿐! 무슨 낙(樂)에 사시나요?
굴피집 창문 열면 꽃 좋고 단풍 고와
호롱불 밝히고는 라디오나 듣다 잔다

홀로 된지 20여년 생계(生計)는 어찌 하나?
약초 캐고 나물 뜯어 목구멍 풀칠해도
내가 난 땅, 내 지은 집
내가 살다 가신단다

허무(虛無)

송장 뼈다귀를 차던 아이들
하나 둘 가신다는 소식 서글퍼!

공동묘지 터에 학교가 서고
어쩌다 드러난 해골바가지

철부지 아이들 차고 노는데
데굴데굴 구르며 비명도 못 쳐!

살았을 때 생각하면 끔찍한 오늘!
소 돼지 뼈다귀나 다른 게 뭐람?

아등바등 인생살이 왜 이리 곤해
숨 꼴깍 혼 떠나면 허무(虛無)한 것을!

산불 지킴이 가재면씨

산불의 무서움을 누구인들 모르랴만
순간의 방심(放心)이 잿더미로 만들잖나!

70여세 늙은이가 하루도 아니 쉬고
30년 된 딸딸이 끌고 '산불조심!' 방송하며
고향산천 지키시니 아무나 할 일인가?

서산(瑞山) 땅 태안(泰安)에
가재면 씨 장(壯)하오!
솔선(率先)하는 애향심(愛鄕心)
면류관(冕旒冠)을 쓸 만 하오!

능금과 박하사탕

하루 걸이 열나면 겡기랍 먹고
회충의 배앓이는 산토닝 먹었어.

천정(天井)이 빙글빙글 내려앉을 듯
하늘이 노래지다 잠들고 나면
머리 맡 소반에 능금과 박하!

박하사탕 화한 맛에 정신(精神)이 들고
능금 몇 알 먹고 나면 생기(生氣) 돌았다.

가로등

외투 깃을 세우고
서둘러 종종대던

행인(行人)마저 끊긴 거리
떨고 있는 가로등(街路燈)!

저 불마저 끄려는가?
차가운 눈보라여!

봄바람 겨워서
흩날리는 꽃잎들

가슴이 설레는
봄밤이 그립구료!

세대차이(世代差異)

일요일 아침에 버스 정류소
동짓달도 다가고 일곱 시(時)는 어두운데
초등학교 아이들이 버스를 기다려!

어디 가나? 물었더니, 야우리로 영화 보러
영화가 좋기로 아침밥도 안 먹고?

아이들 때 마음이야 옛과 오늘 같다만
10리도 넘는 길을 버스 타고 마을 가나?
두 세대 차이를 두 눈 뜨고 보는구나!

갈등(葛藤)

시시비비(是是非非) 판단하고
이해타산(利害打算) 첨예하니
분쟁과 갈등은 자나 깨나 쉴 틈 없어!

등나무 칡넝쿨 얽히고설키듯이
나라나 개인이나 갈등과 분쟁이라!

뒤엉킨 실타래 매듭 풀려 풀리듯이
언제나 갈등(葛藤) 없이 화합의 잔(盞)을 들까?

영계(靈界)

나운몽 장로와 박민어가 있는
경북 금릉 땅 용문산 집회(集會)
111기 통성 기도(祈禱)시간이다

눌렸던 병이던 살 수 없는 괴로움
갈급(渴急)한 심령(心靈)의 간구(懇求)였나?

방언(方言)이 터지고, 상달(上達)하는 기도(祈禱)와
무엇인가? 막는 역사(役事)를 체험하였고
닭똥 같은 눈물을 쏟고
충만한 기쁨을 느꼈구나!
영계(靈界)를 체험(體驗)하고 헛되게 산 삶
긍휼(矜恤)로 감싸주소서!

케냐의 천사(天使)

아프리카 동부, 케냐의 수도, 나이로비 근교의
고르고츠 쓰레기장에 꽃피우는
곽희문 씨 가정의 사랑과 헌신은
감동이요, 길이 기릴만하다.

쓰레기장을 뒹굴던 흑인 아이들을 거두어
안식처를 제공하고 교육하여
케냐의 명문, 나이로비 대학에 가는
꿈을 꾸도록 키워 주고 있으니
흑인 아이들에게는 하늘에서 내려온
천사(天使)임에 틀림없다.

피아노 건반이 두드리는 대로 소리를 전하듯
고국의 지원을 전달한 일 밖에 없고
마음이 통할 때 보람을 느끼고 오히려
얻는 것이 많다는 겸손한 마음!
아무나 할 수 있는 일일까?

곱슬머리 흑인 아이들
피부색은 검으나 영롱한 눈빛과 밝은 얼굴들!
손을 흔들며 또렷한 '안녕하세요?' 소리
얼마나 큰 감동인가?
사랑의 촛불 꺼지지 않고
영원히 빛나기를 빈다

한 겨울

깊은 산 오두막집
문풍지 떠는 밤

어슬렁! 범 내려와
뜨락에 앉았는데

화로 가의 아희는
호도(胡桃) 깨며 고소하다

밤 동안 나린 눈
온 누리가 은세계(銀世界)!

마을길도 끊겼으니
무슨 일로 소일(消日)할까?

서책을 뒤적이니
서창(西窓)에 달 지네

박제(剝製)

심하다! 버려짐이

       아파트 계단 구석

물오리 헤엄칠 듯

       소리개 날 듯 한데

유리장안 누가 가두어

       메꿩도 아니 우나?

박제(剝製)의 솜씨는

       공교(工巧)하다만

생명을 앗은 죄는

       없다 못 하리!

고목(古木)에 핀 꽃

설한풍에 마르고
          눈 비 맞아 썩나니
모진 겨울 지루하다!
          새봄이 그립구나
따뜻한 봄볕이여!
          훈훈한 봄바람아!

늙은 나무 꽃 보라?
          시큰둥하였더니
오는 봄을 모르랴?
          묵은 등걸 고운 꽃!
봄바람에 겨운 양(樣)!
          정겨움이 더 하다

석양(夕陽)

서산에 지는 해를
　　　　하염없이 바라보니
노을 빛 곱더니만
　　　　어두워져 깜깜하다
이 밤이 지나면
　　　　새날이 밝아 오 듯
이승을 떠나는 날
　　　　하늘 문 열리겠지?
구름이 해 가리어
　　　　그늘진 나의 삶아!
어떻게 머리 들고
　　　　몸 둘 데나 있을는지?
눈시울 젖나니
　　　　눈물이냐? 이슬이냐?

거울

동경(銅鏡)이 낙랑(樂浪)의 유물이니
거울의 역사(歷史) 얼마나 긴가?

거울에 비취는 내 모습 보고
만족(滿足)과 불만(不滿)에 희비(喜悲) 엇갈려

짐승 들은 생긴 대로 당당(堂堂)만한데
거울보고 사람만이 꾸미려 든다.

약육강식(弱肉强食) 생존(生存)이니
죄(罪)가 되겠나?

인간(人間)이 꾸미는 문명(文明) 속에
파멸(破滅)을 부르는 죄(罪)가 싹트네!

별

캄캄한 밤하늘에 총총한 별들
허공(虛空)에 고운 보석(寶石) 누가 박았나?
저렇게 작은 별이 지구(地球)보다 커?
무한(無限)한 우주(宇宙)의 신비(神秘)함이여!

쫓기 듯 바쁜 삶에 여유(餘裕)가 어디?
머리 들어 하늘을 본지 언제냐?
반짝 반짝 금별 은별 빛나는 세계
막힌 가슴 뚫리고 황홀(恍惚)하구나!

우수(雨水)

대동강(大同江) 물 풀린다는
오늘이 우수(雨水)인데

하얗게 눈 내리고
이다지 차디찬가?

동장군(冬將軍)의 날선 칼날
그믐달에 언 하늘

잠시 후면 해 뜰 터
봄바람에 녹겠지!

시새워 피는 꽃들
어찌 아니 반가우랴!

숲

정수리가 뜨거워 숲속을 찾았더니
나무 그늘 시원하고 골짜기 물이 맑다

찌르래기 우는 소리 산토끼 놀라 뛰고
생명을 키우는 숲 자연의 보고(寶庫)로다!

고주배기 땔 감하던 민둥산을 생각하니
평화로운 이 숲이 얼마나 고마운가?

방방곡곡(坊坊曲曲) 울창한 숲
금수강산(錦繡江山) 영원 하라

촛불

어둠이 싫어 제레(祭禮)에
쌍촉(雙燭)을 밝히고

밝고 싶어 화촉(華燭)으로
화기(和氣)를 돋우었나?

진심(眞心)으로 진력(盡力)하는
성인(聖人)처럼

자기 기름 다 태워
빛을 발하니

촛불의 상징(象徵)이
정의(正義)가 되어

오늘도 시위(示威)에
밝히나보다!

십자가(十字架)

예배당 종탑 십자가(十字架) 보며
어린 시절 시골 풍속(風俗) 더듬어 본다

헛것이 들었다고
푸닥거리 할 때면

식칼로 창살을 열십자로 그었고
바가지에 음식 담아 네거리에 버렸으니

복음(福音)을 듣기 전인데
영계(靈界)는 십자가(十字架)를 알고 있었나?

하늘 문 여시고 오라 함이면
나 같은 죄인(罪人)도 받아 주실까?

공원의 아침

미명(未明)에 일어나
공원(公園)을 찾았더니
이슬 맺힌 꽃들의
향내가 신선(神仙)하고
소나무 가지 사이
새소리 청량(淸亮)하네!
여기 저기 운동(運動)하는
사람들의 밝은 모습
나도 두 팔 쫙 벌리고
깊은 숨을 들이쉬니
눈부신 밝은 햇살
심신(心身)이 가벼워라!

우박(雨雹)

논바닥은 거북등, 밭곡은 다 타고
60평생 처음이라. 촌로(村老)의 넋두리여!
시꺼먼 구름장 행여 비냐? 하였더니
초여름 뜨거운 날 우박이 웬일인가?
자갈 같은 얼음 알, 쏟아 붓나? 퍼붓나?
삽시간에 온 마당 얼음 알로 채우니
엎친 데 덮친 격, 농작물 피해여!
임진(壬辰)년 하지(夏至) 우박(雨雹)
참말로 변괴(變怪)요, 하늘의 조화(造化)로다!

청산(青山)

뒤로는 병풍 친 듯 산을 두르고
앞에는 넓은 들에 강물 흘러라!

삼태기 안처럼 안옥한터에
해 빛이 잘 드는 남향집 얽어

뒤울은 대를 심어 새소리 듣고
철따라 뜰에 피는 꽃을 보리라!

지는 해에 아옹다옹 바쁘게 살랴?
만사(萬事)를 잊고서 청산(青山)에 살자.

향일암(向日庵)

여수(麗水) 끝의 돌산섬 끝
천야만야(千耶萬耶) 벼랑 끝에
어느 선사(仙師) 고뇌(苦惱)가
예까지 와 각(覺)하셨나?

향일암(向日庵) 원통보전(圓通寶殿)
앞 낭간서 굽어보니
반짝이는 은빛 바다
탁 트여 시원하다!

해 뜨는 밝은 도량(道場)
시름을 달래 주고
해풍(海風)에 목어(木魚)소리
진세(塵世)와는 멀구료!

생명(生命)

귀(貴)한 것은 드문 것
하나라면 값있겠나?

하나하나 생명이
천하(天下)에 단(但) 하나니

생명(生命)의 귀함을
어디에 비(比)하리오?

단(但) 하나의 생명은
무가(無價)요, 무비(無比)로

끊기는 쉬워도
이을 수는 없지 않나?

살생(殺生)을 금(禁)하고
가려하라 하는 말은

생명의 경시(輕視)보다
큰 죄(罪)가 없음이라!

구름

아침저녁 고운 노을
뭉게뭉게 흰 구름아!
높은 하늘 새 털 구름
산골짜기 골안개여!
천태만상(千態萬象) 구름이라,
형형색색(形形色色) 구름이여!

하늘하늘 눈 내리다,
폭설(暴雪)에 호된 우박(雨雹)!
촉촉하게 실비하다
천둥번개 야단이니
뜬 구름의 풍운조화(風雲造化)
자고(自古)로 신비(神秘)로다!

푸른 하늘 구름으로

가리시니 현묘(玄妙)라!

회오리 구름 속에

승천(昇天)하는 용(龍)이 있고

하강(下降)하는 천선(天仙)이

자운(紫雲) 타고 오신다네!

함구미 선착장(船着場)에서

내일이 중복(中伏)이라
작란 아닌 폭염(暴炎)이나
함구미 선착장(船着場)
후박나무 그늘 좋다!

그 흔하던 물고기
어디로 가버리고
멸치 배 두어 척(隻)만
넓은 바다 한적(閑寂)하냐?

쓸쓸한 함구미에
투덜대는 어옹(漁翁)들
막걸리 얼얼함에
시름을 잊는구나!

푸른 풀밭에 누워

푸른 풀밭에 누워
파란 하늘을 본다

시원한 바람이 일어
흰 구름 둥실 날아!

계곡의 산 샘물에
목을 축이고

한나절 정적(靜寂) 깨는
산새 소리여!

서늘한 숲 그늘에
초록의 풀밭

포근한 품안 같아
떠나기 싫다!

영명(榮名)

사람은 죽어서 이름을 남기고
호랑이는 죽어서 가죽을 남긴다나

호랑이 가죽이야 호랑이면 다 남기나
영예(榮譽)로운 이름을 아무나 다 남길까?

인생 만사(萬事) 허사(虛事)라나
끝 아님을 아는 이 들

청사(靑史)에 영명(榮名)이
별처럼 빛나나니

천금(千金)인들 사리요?
순천자(順天者)의 복(福)이구나

떠나 보시오!

따분하면 훌훌 털고
떠나 보시오!

산과 들, 강으로
바다도 좋소!

갈매기 나는 개펄
갯냄새 좋고

물새 우는 강 언덕에
시원한 바람

풍경(風磬) 우는 산사(山寺)에
달이 밝다오

담배 한 가치

담배 한 가치만 주세요
고맙습니다!

금이야! 옥이야!
애지중지(愛之重之) 길렀을 터인데!

부모(父母)가 본다면
오죽 아플까?

타다 재 되어 사라지는
한 가치 담배와 삶이 다르랴?

인사로 고맙다는 말 한 마디도
지친 이 입에 발린 빈 말 같구나!

꿈

해를 따려고 해야 달이라도 딴다지요!
누구의 꿈이든 아름답고 원대(遠大)한 것!
미래의 희망(希望)이요, 삶을 끄는 동력(動力)이라!

용꿈 꾸면 큰 인물 나고 돼지꿈에 부자 된다지!
길몽(吉夢)에 기(氣)가 살고 흉몽(凶夢)에
심란(心亂)하니
자는 동안 꾸는 꿈이 화(禍)도 주고 복(福)도 주네!

꿈이란 말 같이 쓰나 의미(意味) 전혀 다르니
우리들의 희망인 꿈 내 의지(意志)의 미래(未來)요
의지(意志)와 무관(無關)한 꿈 영계(靈界)의
현묘(玄妙)구려!

좋은 때

상이군인(傷痍軍人), 떼거지들 떼거지도 심하더니
요즘 거리에는 거지가 어디 있나?
직업 없이 빈들대는 노숙자(露宿者)들 문제나
손 벌려 구걸(求乞)하는 모습은 못 보겠다
사람들 이구동성(異口同聲) 살기가 어렵다고 하나
의욕 있어 일만 하면 의식주(衣食住)야, 문제던가?
불안한 시대로 태평성대(太平聖代) 못 되어도
누구나 등 따뜻이 함포고복(含哺鼓腹) 하지 않나!
보리고개 연명(延命)하던 반세기전 생각하면
눈부신 문명(文明)에 그리운 것 없는 오늘
시대(時代)의 복(福)이요, 참말로 좋은 때네!

어디까지 선(善)하신가?

장날 송아지 팔고
뭉칫돈에 흐뭇한 농부여!
당신의 투박한 손이
어미와 새끼를 갈라놓을 때
어미새끼 서로 찾는 애절한 소리가
당신의 귀전을 울리며
당황하여 하는 그 큰 눈망울들이
눈에 어리지 않던가요?
당신 아이를 잃었다면
허둥대는 발걸음 미치기 직전이요,
겁에 질린 아이 얼굴이 밟혀
눈 붙일 수 있을까요?
차마 못할 일을 하고서도
흐뭇한 당신의 마음이여!
측은(惻隱)의 한계여!
어디까지 선(善)하신가?

아카시아

벌들이 윙윙대던 아카시아 나무
　　잎은 따서 토끼 주자 바구니 담고
　　　　향 좋은 아카시아 꽃 달콤했었어!

터 근처 키가 큰 아카시아 나무
　　까치가 가지 끝에 집을 지어서
　　　　잠꾸러기 눈 비비며 잠을 깼는데
　　　　　　정답던 까치소리 꿈만 같구나!

벚꽃

봄비 중에 피는 꽃은 복숭아 살구
능금 꽃 배꽃은 달과 어울려!
봄날에 화사(華奢)함은 벚꽃일러니
봄바람에 흩날릴 제 춘흥(春興) 겨워라!

남도(南道) 진해(鎭海)의 벚꽃 소식에
침울(沈鬱)한 가슴이 들떠오더니
창경원(昌慶苑)의 벚꽃도 활짝 피었다,
장안의 풍류객들 인산인해(人山人海)네!

가랑잎

초록빛 신록(新綠)의 봄 동산 상쾌하고
무성한 나무 잎들 녹음(綠陰)이 시원했지!
울긋불긋 알록달록 황홀하던 단풍잎들
서리 오고 바람 부니 우수수 떨어진다.

낙엽 밟는 오솔길에 쓸쓸한 마음이여!
흩날리는 가랑잎아! 정처(定處)없이 어디 가니?
자연히 떨어지고 때가 되면 가는 것을
흙으로 돌아감은 너와 내가 다르랴!

장기(將棋)

시골 사람 소일(消日)거리로
장기 두세! 뺄 수 없어
상수(上手)하수(下手) 노소(老少)로
홍(紅)과 청(靑)을 다투고
이승삼판(二勝三判) 내기로
하루해가 짧았더라!

아버지 한 테 배우고서
언제부터 이겼던가?
두는 족족 지시고서도
허허! 웃던 아버지!
때로는 져 드리는
아량(雅量)마저 없었는지!

흑성산

기암괴석(奇巖怪石) 불안한
석산(石山)이 아니요
후덕(厚德)한 군자(君子) 모습
토산(土山)의 위용(偉容)이여!

목천 땅, 천안 명산(名山)
흑성산에 오르니
사방이 탁 트여
참말로 시원하다!

호서(湖西)를 품어 안는
진산(鎭山)의 면목(面目)이여!
왕태조(王太祖) 머무신 바
유왕산(留王山)을 끌어안고

기슭의 남화리에
웅장(雄壯)한 독립기념관!
겨레의 얼 영원(永遠)하라
지덕(地德)을 폈나 보다!

강변의 달

달빛이 좋으니 나오시구려!
얼굴을 본지도 달포나 지났잖소?
강변을 거닐며 소회(素懷)나 나눕시다.

강변에 고운 달을 혼자 보라 하지 마오.
흘러가는 저 강물과 가는 세월 다르겠소?
갈대밭에 물새도 잠 못 들고 우는 구료!

이삭줍기

이삭 줍던 여인, 룻은
구약성서 인물이요
밀레의 명화 중에
이삭줍기 본다면
먹고 사는 문제야
동서고금(東西古今) 다르리오!

세상에서 제일 큰 새
먹새라 하고
설움 중에 제일 큰 설움
배고픔이라 하는데
요즘에 풍요가
배고픔을 아는가?

아직도 세상에는
열 중 하나 주린다니
한 톨 낟알 아끼시던
어른 들이 생각난다!
땀 흘리며 이삭 줍던
그 시절이 꿈이었나?